बन्दी

[कहानी-संग्रह]

बन्दी

मन्नू भंडारी

राधाकृष्ण प्रकाशन

ISBN : 978-81-8361-877-9

बन्दी

© मन्नू भंडारी

पहला संस्करण : 2018
दूसरा संस्करण : 2019

मूल्य : ₹250

प्रकाशक

राधाकृष्ण प्रकाशन प्राइवेट लिमिटेड
जी 17, जगतपुरी, दिल्ली–110 051

शाखाएँ : अशोक राजपथ, साइंस कॉलेज के सामने, पटना–800 006
पहली मंज़िल, दरबारी बिल्डिंग, महात्मा गांधी मार्ग, इलाहाबाद–211 001
36 ए, शेक्सपियर सरणी, कोलकाता–700 017

वेबसाइट : www.radhakrishnaprakashan.com
ई–मेल : info@radhakrishnaprakashan.com

मुद्रक : बी.के. ऑफसेट
नवीन शाहदरा, दिल्ली–110 032

BANDI
Stories by Mannu Bhandari

यह संकलन

हर कथाकार अपनी रचनाओं में अपने व्यक्तित्व के विभिन्न धरातलों को ही उँड़ेलता रहता है—कभी अनुभव का धरातल, कभी संवेदना और विचारों का धरातल, तो कभी विश्वासों का। पर ये सब उसके आन्तरिक 'मैं' की बनावट के हिस्से हैं, जिसे उसका बाहरी 'मैं' निरन्तर सहेजता-सँवारता रहता है, तोड़ता-बनाता रहता है।

उस आन्तरिक 'मैं' की रचनात्मक यात्रा में कभी अन्तराल भी आते हैं, कभी स्थगन भी होता है तो कभी-कभी लम्बे समय के लिए

विराम भी लग जाता है (पिछले पन्द्रह-सत्रह सालों से मैं इसी दौर से तो गुज़र रही हूँ)।

पर इस बाहरी 'मैं' की यात्रा तो अनथक है, जिसमें स्थूल रूप से वह घटनाओं और संघर्षों से, व्यक्तियों और सम्बन्धों से, प्रेम और प्रताड़नाओं से, धन्य और धिक्कार से निरन्तर दो-चार होता रहता है। यहाँ स्थितियों और घटनाओं की सघनता के ग्राफ़ भले ही चढ़ते-उतरते रहें, पर अन्तराल या विराम की कोई गुंजाइश नहीं।

लिखते हुए अक्सर मैं अपने से पूछती रही हूँ कि जीवन की कुछ घटनाओं और प्रसंगों का, तोड़ने-बनानेवाले कुछ सम्बन्धों और सरोकारों का, निरन्तर बदलती हुई (परिपक्व, प्रौढ़ या कि...) जीवन-दृष्टि का लेखा-जोखा प्रस्तुत करने के लिए जैसी निस्संग तटस्थता की आवश्यकता चाहिए, क्या वह मुझमें है? उत्तर न पूरी तरह स्वीकार में मिलता है, न दो-टूक नकार में। इतना ज़रूर कह सकती हूँ कि जो स्थितियाँ कभी गुदगुदाते भाव से आसमान पर चढ़ा देती थीं या चकनाचूर करके धूल-धूसरित कर देती थीं, आज उन सबके प्रति एक अजीब-सा ठंडापन या उदासीनता तो ज़रूर व्याप गई है

मन में! अगर इसी को स्थितियों से उबरना कहते हैं तो मैं बहुत कुछ उबर गई हूँ उन स्थितियों से, पर पूरी तरह तो आज भी कहाँ उबर पाई हूँ! आज भी जब कभी कोई दाहक-टकोर मन को झुलसाती है तो फिर वैसी ही जलन, वैसा ही उद्वेलन, पर अन्तर है तो केवल इतना कि अब यह बहुत अल्पकालिक होता है—आया और गया। जैसे कोई तेज गर्म लू का झोंका कुछ समय के लिए आपको झुलसाकर चला जाए!

उम्र के सत्तर साल पार करने पर दृष्टि में एक आयाम तो और जुड़ा ही है—जीवन में जिन व्यक्तियों से हुई टकराहट से दुःख-पीड़ा, क्रोध-आक्रोश उपजते थे, उन्हीं व्यक्तियों के व्यक्तित्व की एक-एक परत खँगालकर उनके आचरण की कार्य-कारण श्रृंखला तलाशना और इसके सन्दर्भ में नये सिरे से उनके व्यक्तित्व का विश्लेषण करना। वह फिर चाहे पिता रहे हों या पति। इस तलाश और विश्लेषण ने ही आज मन के बहुत सारे काँटों की चुभन मिटा दी। बहुत कम कर दी। घावों पर मलहम लगा दिया, तो दुखती रगों को सहला दिया।

इतना विश्वास दिलाने की ज़रूर कोशिश करूँगी कि बहुत ईमानदारी से मैंने अपने जिये हुए निहायत निजी जीवन को अपने से काटकर, मात्र एक विषय बनाकर—जीनेवाली और लिखनेवाली मन्नू के बीच पर्याप्त फासला रखकर ही लिखा है।

क्रम

बन्दी

करतूते मरदाँ

[बरसों पहले अलग-अलग लोगों से सुने इन किस्सों को (शत-प्रतिशत सच पर आधारित) मैं अपने कच्चे माल के गोदाम में आँकती रही थी कि कभी इन पर कुछ लिखूँगी, पर क़लम ही कुछ ऐसी कुन्द हुई कि ये सब मेरी डायरी के पन्नों में ही सिमटकर रह गए। अब जब लिखने की स्थिति बनी तो मुझे ख़ुद आश्चर्य हुआ कि इन्हें सुना मैंने चाहे लम्बे-लम्बे अन्तराल पर हो पर आज तो ये तीनों मुझे एक ही नतीजे पर पहुँचाते हैं, सो तीनों को एक साथ नत्थी करके मैंने एक ही शीर्षक में फिट कर दिया। घटनाएँ, पात्र तो सब जस-के-तस हैं, मैंने जो थोड़ा-सा अलोथन-पलोथन लगाया है, वह केवल अन्दाजे-बयाँ में।]

कथा का नायक है—प्रसिद्धि की सीढ़ियाँ चढ़ता अपने ज़माने का एक युवा गीतकार।

बन्दी

जब गद्य के आक्रमण ने कविता के क्षेत्र से गीत और छन्द को झाड़-पोंछकर पूरी तरह बाहर नहीं कर दिया था और गीतकारों की कवि-सम्मेलनों में तो खूब पूछ थी ही—निमंत्रण पाकर वे स्कूल-कॉलेजों में भी रंग जमाने, धूम मचाने पहुँच जाया करते थे।

ऐसे ही किसी निमंत्रण पर नायक अपने गीत सुनाने के लिए एक महिला-कॉलेज पहुँचा तो उसने कार्यक्रम में थोड़ा-सा उलट-फेर कर दिया। हुआ यह कि इससे गीत सुनने से पहले, वहीं की एक प्राध्यापिका ने अपना स्वर-बद्ध किया। इसी का एक गीत ऐसी तन्मयता से सुनाया कि सब विभोर और नायक के मुँह से तो अचानक ही निकल गया—'तुम गा दो, मेरा गान अमर हो जाए'। इसके बाद उसका गीत सुनाने का हौसला भले ही पस्त हो गया हो पर मन में 'अमर' होने की एक निराकार-सी इच्छा ज़रूर कुलबुलाने लगी।

चाय के समय नायक नायिका के स्वर की गहराई, गले की मिठास और लोच की प्रशंसा के पुल बाँधने लगा।

नायिका तो निहाल। झेंपती-झिझकती बड़े ही कृतज्ञ, पर गद्‌गद भाव से वह भी नायक के गीतों की प्रशंसा के पुल बाँधने लगी।

अब जब दोनों ओर से पुल बँध गए तो समझो, मिलने के लिए रास्ते भी खुल गए।

जल्दी ही एक बदलाई शाम और खुशनुमा मौसम को बिलकुल अनुकूल समझकर अमरता के आकांक्षी इस नायक के

पैर नायिका के घर की ओर मुड़ गए। दस-बारह गीत उसने जेब में सरकाए और वहाँ 'क्या-क्या करेगा, कैसे-कैसे करेगा' की ढेर सारी योजनाएँ भेजे में।

घर में प्रवेश करते ही स्वागत करने आ बैठे मातुश्री, बड़ा भाई और छोटा भाई। और फिर तो उनकी बातें...बातें...बातें! बेहद नीरस और उबाऊ। परिचय करवाकर नायिका भी वहीं एक ओर बैठ गई गुड़ी-मुड़ी होकर—बिलकुल मिट्टी के माधो की तरह। एकान्त में बैठने का सही मौका तलाश कर अपनी योजना का पहला सिरा नायिका के हाथ में थमा देने का सपना तो वहीं ध्वस्त हो गया। फिर भी हिम्मत करके उसने आग्रह तो कर ही डाला :

"देखिए, मैं यहाँ आपका गीत सुनने आया हूँ। उस दिन वाला तो सुनूँगा ही, एक-दो और नये गीत भी सुनाने होंगे आपको।"

बड़े भाई का हस्तक्षेप, "अरे, मजमा तो आपका गीत सुनने के लिए जमता है, ये क्या गीत सुनाएगी भला?"

नायक का प्रतिवाद, "वाह, क्या गाती हैं! मेरे गीत में तो जैसे जान ही डाल दी थी। कहते हैं न कि घर की मुर्गी दाल बराबर सो आप लोग चाहे क़दर न करें, मैं तो इनके गीत सुनने ही आया हूँ, इतनी दूर से।"

दुनियादारी में पगी माँ ने नीयत भाँपी और बात लपक ली, "अरे, सुल्ली, देख तो ये इतनी दूर से चलकर आए और तू बैठी मुँह ही ताक रही है इनका टुकुर-टुकुर! चाय नहीं

पिलाएगी मेहमान को? जा, जल्दी से चाय बनाकर तो ला गरमागरम!''

नायिका रसोई में और बेतुकी बातों की बौछार करते माँ-भाई नायक की खोपड़ी पर! चाय का स्वाद ही कसैला हो गया। इतने में असली बौछार शुरू हो गई। हिम्मत करके नायक ने फिर एक बार अपना आग्रह दोहराया, ''अब तो आप इस मौसम के अनुकूल कोई गीत सुनाइए—कोई वर्षा गीत। रिमझिम-रिमझिम कर...वह अपने एक गीत की पंक्ति...''

''एल्लो! बरसात में कोई गीत गावे कि पकौड़ी खावे? जा तो सुल्ली, तू तो गरमागरम पकौड़ी बना ला। मैं तो सोच ही रही थी कि मेहमान को सूखी चाय भी क्या पिलानी, सो बरसात ने सुझा ही दिया।''

''नहीं, नहीं, मैं पकौड़ी-वकौड़ी नहीं खाता। मेरा तो गला वैसे ही खराब रहता है, तली चीजें...''

नायक का अन्तिम प्रयास, जिसे हाथोंहाथ ध्वस्त किया माँ ने :

''गला खराब है, तब तो तुम हमारे यहाँ की मिर्च की पकौड़ी खाओ...ऐसा गला खुलेगा कि बस! सुल्लीऽऽ, एक घान मिर्च की पकौड़ी का भी लेती अइयो!''

बिना मिर्च खाए ही नायक का तो रोम-रोम सुलगने लगा।

पकौड़ी की प्लेट के आते ही दो-तीन बच्चे और प्रकट हो गए और जुट गए। वे सब पकौड़ी भकोसते रहे और नायक बेचारा ठंडी साँसें।

बरसात बन्द होते ही बड़े भाई ने सुझाया, "आपके पास तो छाता भी नहीं है, तुरन्त निकल जाइए आप, वरना फिर कहीं बारिश..."

यानी कि 'गेट आउट!''

भन्नाकर उठा नायक और उसने बाहर क़दम रखा ही था कि उसके सिर पर ही भड़ाक से दरवाज़ा बन्द किया भाई ने और घुड़का सुल्ली को, "इसे घर बुलाने की क्या ज़रूरत थी?...दिमाग़ फिर गया है तेरा? ये लोग मजमों के लिए ही ठीक हैं। कान खोलकर अच्छी तरह सुन-समझ ले—मिलने-जुलने और घर बुलाने का सिलसिला बिलकुल नहीं चलेगा इसके साथ। महा लुच्चों की जात होती है इनकी!"

उधर बेचारे नायक के जो पैर आते समय थिरक रहे थे, लौटते समय मन-मन भर भारी हो गए। होते ही—एक कन्धे पर सपनों की और दूसरे कन्धे पर योजनाओं की लाशें जो लदी थीं! सीधा पहुँचा अपने 'संकटमोचन' मित्र के पास!

मित्र का पेशा था—आकाशवाणी में नाटकों का निर्देशन करना और शग़ल था मित्रों की ज़िन्दगी के नाटकों का निर्देशन करना। उसके पास अपना एक कमरा था, जो उसके दफ्तर जाने के बाद गाहे-बगाहे मित्रों के लिए रंगस्थली की भूमिका भी अदा करता था। अब जब कमरा देता था तो उस रंगस्थली में होनेवाले क्रिया-कलापों का राज़दार भी बन ही जाता था और

समस्या-संकट आने पर (जिसकी भरमार रहती थी) केवल सुझाव ही नहीं देता, मदद भी करता था। इसके चलते उसे महारत हासिल हो गई थी ऐसे लपड़ों-झपड़ों को सुलझाने-सलटाने में।

गुस्से में बौखलाए नायक ने अपनी आकांक्षा और योजना के साथ शुरू से सारी बात बताई और उपसंहार किया उस खूँखार भाई की जल्लादी हरक़त से, जिसने उसकी खोपड़ी पर ही दरवाज़ा दे मारा था।

मित्र केवल हँसा—बिना शब्दों के ही, जिसमें बहुत कुछ निहित था।

पर नायक तो अपनी ही रौ में बोले चला जा रहा था, "देख, इतना तो तू भी मानेगा कि बच्चन, नीरज, मुकुल से कोई कम नहीं है मेरी क़लम का हुनर, पर बस, यह गला पूरी तरह साथ नहीं देता। अगर किसी तरह मेरे हुनर को इस लड़की के सुर की सवारी करने को मिल जाए तो समझ, हुए मेरे गीत अमर...बस, अब निकाल तू कोई रास्ता!"

खिलखिला पड़ा मित्र, "अबे स्साले, आज तू सुर की सवारी की बात कर रहा है...कल लड़की पर सवारी करने की माँग रखेगा और कहेगा—'निकाल कोई रास्ता'!"

बिफर गया नायक, "देख, मैं बिलकुल मजाक के मूड में नहीं हूँ।"

"मैं भी नहीं। दो लपड़ों में से एक बेचारी तो जैसे-तैसे ठिकाने लगी, तूने नये लपड़े का चक्कर शुरू कर दिया?"

''कोई लपड़ा-वपड़ा नहीं, मैं सिर्फ चाहता हूँ कि वह मेरे गीत स्वरबद्ध करे, गाए...''

''और तू अमर हो जाए! अबे चुगद, बच्चन जी ने लिख दिया कि 'तुम गा दो, मेरा गीत अमर हो जाए' और तू उसे ज़िन्दगी में ढालने बैठ गया? सीधे-सीधे बोल न कि लड़की पटानी है!''

बहरहाल, दो दिन चली लम्बी नोक-झोंक, कहा-सुनी के बाद परमार्थी मित्र ने नायक का स्वार्थ साधने के लिए एक योजना बना डाली— नायिका को आकाशवाणी में लाया जाए!

''गाती अच्छा है तो ऑडिशन में तो निकल ही जाएगी...अनुबन्ध दिलवाते रहने की ज़िम्मेदारी मेरी। शर्त रहेगी कि बस, वह तेरे ही गीत गाएगी। अब आकाशवाणी से जब-तब तेरे गीत गूँजेंगे तो अमरता की दिशा में कुछ तो...'' हँस पड़ा मित्र।

योजना तो बड़ी माकूल पर नायक के मन में उठी एक शंका, ''एकाएक आकाशवाणी का प्रस्ताव जाएगा कैसे उसके पास? कॉलेज के सिवाय बाहर तो वह कहीं गाती ही नहीं!''

''उसका भी रास्ता है। घर में कहेगी कि एक कुलीग के भाई...नहीं-नहीं, भाई नहीं, पिता...पिता आकाशवाणी में काम करते हैं, सो उसी ने सुझाव दिया कि वह आकाशवाणी में क्यों नहीं गाती?''

''अगर उन्होंने आकाशवाणी के नाम से ही अड़ंगा लगाया तो? इसका भाई...''

"अरे छोड़! आकाशवाणी से मिला नाम जब सारी दुनिया में और नामा जेब में सरकने लगेगा तो सारे अड़ंगे दूर हो जाएँगे।"

सचमुच, सारे अड़ंगे दूर हुए और योजना शुरू ही नहीं हुई, बल्कि छह महीने बीतते न बीतते ऐसी गति पकड़ी कि नायक तो लहालोट! आकाशवाणी में जब-जब सुल्ली का गाया अपना गीत सुनता तो उसी जोम में एक-दो गीत और लिख डालता। धीरे-धीरे जिसकी संख्या बढ़ती जा रही थी, यानी कि प्रेरणा भी बन गई अब तो वह उसकी।

इधर सुल्ली घर की दमघोंटू चौहद्दी और भाई के आतंकवादी रवैये से निकलकर नायक के क़रीब क्या पहुँची कि उसकी तो दुनिया ही बदल गई। आकाशवाणी से प्रसारित होता अपना नाम और नायक की आँखों से छलकती प्रशंसा—उसके मन में तो बस, उमंग और उत्साह की लहरें दौड़ती रहतीं सारे दिन।

इसी उमंग में एक दिन उसने नायक से कहा, "मैंने सोचा है कि अगली बार मैं एक लोकगीत गाऊँगी। क्या जमते हैं लोकगीत और भजन-कीर्तन! अभी हमारे कॉलेज में कीर्तन का एक प्रोग्राम हुआ, ऐसा जमा कि सब झूमने लगे..."

माथा ठनका नायक का। इस जमने में उसे तो अपने उखड़ने का सिलसिला दिखाई दिया। पर अब रोके कैसे? सो

रोका तो नहीं उसने, पर प्यार का कोई चौका लगाने की जुगत बिठाने लगा। किसी तरह एक कमरा-छाप मुलाक़ात हो पाती तो प्यार की वो हैवी डोज़ देता कि भूल जाती सारे भजन-कीर्तन। पर कमरा क्या—ये तो कभी पार्क के पेड़-पौधों, झाड़ियों से ढँके किसी सुनसान-से कोने तक में मिलने को तैयार नहीं। अब आकाशवाणी के इस भीड़ भरे कैंटीन में, जहाँ सारे समय भीड़-भड़क्का और चाँऊ-चाँऊ मची रहती है, कोई क्या कर ले? बहुत हुआ तो ज़रा-सा हाथ मसल-सहला दिया या टेबल के नीचे टाँग-से-टाँग टकराते रहे। प्रेम की इस नामालूम-सी डोज के बदले भजन-कीर्तन ही सूझेगा। सो नायक ने हिम्मत करके बड़े सांकेतिक शब्दों में कमरा-मुलाक़ात के अपने आग्रह को दुहराया।

नायिका तो लाल-गुलाल। और पहली बार उसने इनकार के साथ एक वाक्य भी जोड़ा, "धत्! अभी ऐसा कुछ नहीं करते...ये सब तो शादी के बाद।" और कहने के साथ ही शर्म से उसकी आँखें भी झुक गईं।

लोऽऽ! तो ये शादी का सपना देख रही है? पर ऐसा संकेत तो उसने कभी दिया नहीं क्योंकि ऐसा तो उसका कोई इरादा ही नहीं है। शादी का लड्डू खाकर पछताने का खतरा वह मोल ही क्यों ले जबकि बिना खाए अभी तक तो उसकी ज़िन्दगी में पछताने का कोई सिलसिला शुरू हुआ नहीं! गीतों पर मुग्ध होते-होते गीतकारों पर मुग्ध होनेवाली अभी कई हैं, जिनमें से कुछेक की मौखिक प्रशंसा निमंत्रण देती

हुई धीरे-धीरे शरीर से भी झरने लगती यानी कि कुछ न कुछ सिलसिला चलता ही रहता है। फिर एक मामला तो वक्त-जरूरत के लिए तैयार रहता ही है। पर इसे अब भजन-कीर्तन से घसीटकर वापस अपने गीतों पर कैसे लाया जाए? आख़िर निकाला एक रास्ता। प्रेम में सराबोर दो गीत निकाले। एक लिफाफे में रखकर लिखा : 'सुल्ली के लिए' और पहुँचा दिये उसके पास। बस, हो गई सुल्ली तो प्रेम-दिवानी!

अब लड़कियों के साथ एक मुसीबत! प्रेम का बीज सब तरफ़ से दाब-ढाँपकर बिलकुल चुपचाप बोया भले ही मन में जाए पर उसके अंकुर तो कम्बख़्त रोम-रोम से फूटने लगते हैं—सबके बीच 'कुछ हो गया है, कुछ हो गया है' का डंका-चोट ऐलान करते हुए।

अब भाई से तो छिपने से रहा कि कहीं गलत जगह पाँव पड़ गया है सुल्ली का। सो उन्होंने भी उसे सुनाते हुए अपना डंका-चोट ऐलान कर दिया :

"अम्मा, मैं अपनी रज़ामन्दी की चिट्ठी लिख रहा हूँ कानपुर वालों को। अब डिग्री भी है तो क्या हुआ...डिग्री से आदमी पैसा ही तो कमाता है, सो पैसा तो वह अपनी दुकान से भी खूब कमा लेता है। बाकी सब अच्छा ही है। फिर ऐसा लड़का मिलेगा कहाँ जो खाली कंकु-कन्या लेने को तैयार हो? पन्द्रह दिन बाद तो छुट्टियाँ हो रही हैं गर्मी की...इसी में निपटा दो यह काम... सो ठिकाने लगे सुल्ली।"

अम्मा ने तो अपनी स्वीकृति की मोहर लगा दी पर सुल्ली के पाँव नीचे की तो जैसे ज़मीन ही सरक गई। उससे न कुछ पूछा, न बताया और फैसला कर डाला उसकी ज़िन्दगी का।

कॉलेज से एक पीरियड कट करके नायक के पास पहुँची और हिचकियाँ ले-लेकर अपना फैसला सुना दिया, ''देखो, भैया तो मेरी एक नहीं सुनेंगे, पर ऐसा-वैसा कुछ करते ही मैं तो भागकर बस, तुम्हारे पास आ जाऊँगी। बालिग हूँ अब मैं...क्या कर लेंगे मेरा?''

नायक हैरान...अवाक्! सामने बैठी इस निहायत दब्बू...भीगी बिल्ली की हिम्मत देखकर तो अब उसके पाँव के नीचे की ज़मीन सरकने लगी। कहीं सचमुच ही भाग आई तो क्या करेगा वह? कैसे निपटेगा इस मुसीबत से? वह सीधे पहुँचा संकटमोचन मित्र के पास।

उसने दो-टूक फैसला सुना दिया, ''जल्दी-से-जल्दी तुम लोग शादी कर लो।''

''शादी?...पर...पर...'' कुछ कन्नी-सी काटने लगा नायक।

''पर-पर क्या? कोई अनहोनी बात है शादी करना? तुझे यही चिन्ता है न कि तेरे पुराने लपड़ों का क्या होगा? छुट्टे साँड़-सा कैसे घूम सकेगा तू? सो अब ज़रा अपनी आदतों पर लगाम लगा वरना तेरी प्रेरणा का क्या होगा...तेरी अमरता का क्या होगा?''

''नहीं यार, उसके घरवाले मुझसे शादी करने को कभी राज़ी ही नहीं होंगे।''

"ऐसी शादियाँ माँ-बाप की रज़ामन्दी से नहीं, हिम्मत-हौसले से होती हैं। वह तो भागकर आने को तैयार है और तू..."

सुल्ली का दुख, मित्र का दबाव और अपना भी नफ़ा-नुकसान तौलकर आख़िर राजी हो गया नायक शादी के लिए। ऐसे शुभ काम में दो-चार मित्र और जुट गए। शादी की तारीख ही नहीं—मन्दिर, पंडित सब तय कर डाले।

एक सप्ताह बाकी था शादी को कि पता नहीं कैसे भाई को पता लग गया! आग-बबूला हो गया वह तो! आगा सोचा न पीछा, बस, कॉलेज में पढ़ानेवाली, आकाशवाणी में गानेवाली बालिग बहन तक को भरपूर हाथ का एक झन्नाटेदार झापड़ रसीद कर दिया।

"अम्मा, कमरे में बन्द करो इसे और अच्छी तरह ख़बर लो इसकी!"

सारी बात जान अम्मा ने भी 'मुँह दिखाने लायक मत रखना...नाक कटवा देना हमारी...इससे तो होते ही मर गई होती।' ऐसे अवसरों पर बोले जानेवाले वाक्यों का पूरा सेट राग, लय और आँसुओं की झड़ी के साथ दोहराते हुए दो-चार घूँसे जमा दिये और कमरा बन्द! यानी कि सुल्ली के मनचाहे भविष्य के आगे दरवाजे ठुक गए।

ऐसे में दिदिया का हमराज़ बना उसका छोटा भाई। उसने जाकर मित्र को सारी बात बताई और पूछा, "दिदिया को किस दिन निकालकर लाना है और कहाँ लाना है?"

करतूते मरदाँ

आज से पाँचवें दिन सवेरे जहाँ लाना था, वहाँ का पता समझा दिया मित्र ने और कहा कि सुल्ली को हिम्मत बँधाकर रखना। कहना, बिलकुल चिन्ता न करे। इधर का सब इन्तजाम तो बिलकुल ठीक है।

दूसरे दिन मित्र ऑफ़िस जाने लगा तो मुँह लटकाए हुए नायक आया, "यार, आज कमरे की चाबी छोड़ जाना, उसी जगह...मुझे जरूरत है।"

"कुछ जुगाड़ बैठा सुल्ली को निकालने का? अच्छा है, उसे हिम्मत बँधा। जब से सुना, बहुत तकलीफ़ हो रही है। बेचारी..."

अजीब संयोग! नाटक का रिहर्सल करवाने का समय आया तो मित्र ने देखा कि वह ग़लती से दूसरी स्क्रिप्ट ले आया है। सबको बिठाकर उल्टे पैरों दौड़ा। दरवाज़ा खुलवाने में उसे संकोच ज़रूर हो रहा था पर मजबूरी थी। दरवाज़ा खुलने में थोड़ी देर तो लगी पर खुला तो क्या देखता है कि नायक की लपड़ा नम्बर दो छुई-मुई-सी कुछ अस्त-व्यस्त कपड़ों में पलंग के एक ओर बैठी है।

ग़ुस्से से फनफनाते हुए स्क्रिप्ट के साथ नायक को भी बाँह से घसीटकर बाहर ले आया मित्र।

"शरम नहीं आती तुझे? वो वहाँ बेचारी कुट-पिट रही है और तू यहाँ गुलछर्रे उड़ाने ले आया इसे? चार

दिन बाद शादी है तेरी।'' झापड़ मारने का मन कर रहा था मित्र का।

''क्यों बिगड़ रहा है यार...चार दिन बाद ही तो है न! अभी हुई तो नहीं! अब क्या बताऊँ—इसे भी तो समझाना-सँभालना है आख़िर! अच्छा, तू अभी जा...तुझे देर हो जाएगी,'' और बाँह छुड़ाकर उसे समझाने-सँभालने के लिए अन्दर घुसकर नायक ने भड़ाक से दरवाज़ा बन्द कर लिया।

बन्दी

[यह कहानी मेरी नहीं है। मेरे अपने तहत तो बेहद घिसे-पिटे और आज की धधकती स्थितियों के सन्दर्भ में कुछ-कुछ अप्रासंगिक से लगने वाले इस कथ्य पर क़लम चलाना मेरे लिए सचमुच ही सम्भव नहीं था, लेकिन इसे अपने नाम से छपवाना ज़रूर मेरी मजबूरी बन गया। हाँ, स्थिति को स्पष्ट करने के लिए आरम्भ की प्रस्तावना और बीच-बीच में रिक्त स्थानों की पूर्ति की तरह या अपनी प्रतिक्रिया में लिखी कुछ टिप्पणियाँ ज़रूर मेरी हैं, जिन्हें, कहानी के साथ तालमेल बिठाने के लिए मैंने कहानी की तर्ज पर ही लिखा है। हाँ, कहानी बिना शीर्षक की थी सो इस अनिवार्यता को भी मुझे ही पूरा करना पड़ा। मैं जानती हूँ कि ससन्दर्भ इस स्वीकारोक्ति के बावजूद कहानी पढ़ने के बाद आप यह आरोप तो लगाएँगे ही—कुछ तो अपने पौरुषीय अहं में पगे होने के कारण और कुछ महिला लेखन पर हमेशा तीर-कमान

कसे होने की स्थायी मुद्रा के कारण कि औरत कम्बख्त चाहे खुद लिखे, चाहे किसी और का लिखा अपने नाम से छपवाए, होंगे तो वही ढाक के तीन पात, तो आपका यह आरोप सिर-आँखों पर!]

मृत्यु मरनेवाले को ही अतीत नहीं बनाती, उसके साथ जुड़े हुए लोगों को भी कुछ समय के लिए अतीत में ढकेलती है। मन के किसी अनजान कोने में पड़े हुए न जाने कितने दृश्य, कितनी बातें, कितनी घटनाएँ एकाएक ऐसे उभर आती हैं मानो कल ही घटी हों और समय की दूरी के कारण उनको देखने का नज़रिया भी कितनी पौढ़ा हो जाता है। अनुभव और दुनियादारी की आँच में पककर या कि एक खास तरह की तटस्थता पाकर और जो बातें क्रोध जुगाती थीं, वितृष्णा पैदा करती थीं, उन सबके प्रति भी कैसी तो सदाशयता आ जाती है—एक समझदारी, एक क्षमाभाव! शायद मौत का उपहार हो यह!

इतने बरसों बाद अचानक अमित को अपने सामने देखकर मैं एकदम चहक उठी। आश्चर्य तो हुआ पर उससे कहीं अधिक प्रसन्नता। लम्बा, छरहरा, ख़ूबसूरत जवान। स्वर में लाड़-भरा आह्लाद घोलकर मैंने गर्मजोशी से उसका स्वागत किया, "अरे अमित, कब आए तुम? सुना, तुम्हें बहुत अच्छी नौकरी मिल गई है और तुम आजकल बम्बई रहने लगे हो?" और फिर स्वर में उलाहने का पुट देकर थोड़ी अपनी नाराज़गी

भी प्रकट की, "पर यह सब दूसरों से सुना। एक ही शहर में रहते हुए भी तुमने तो न ख़बर दी और न जाने से पहले मासी से मिलने की ज़रूरत समझी। पिछले कुछ सालों से तो मासी को काटकर ही फेंक रखा था, पर कम-से-कम जाने से पहले तो..."

लेकिन उसके लम्बे, छरहरे शरीर पर घूमती निगाह जैसे ही उसके चेहरे पर गई तो बाक़ी का उलाहना गले में ही अटका रह गया। चेहरे पर एक अजीब-सा तनाव, मानो इतना अपनत्व जताकर उसे कठघरे में खड़ा करने का मुझे कोई अधिकार नहीं! मैंने चुपचाप नज़रें उसके चेहरे पर गड़ा दीं। आरोप, गुस्से और खीज से भरी उसकी वही चिर-परिचित मुद्रा, जिसे पिछले चार सालों के अन्तराल में मैं एक तरह से भूल चुकी थी, आज एक बिलकुल ही नया रूप लेकर उसके चेहरे पर चिपकी थी। उसे देखते ही हमेशा की तरह सोनल तो खड़ी हो ही गई दिमाग़ में। क्या आज भी यह पहले की तरह क्रोध, भर्त्सना और धिक्कार-भरे कुछ उद्‌गार ही उगलेगा उसके लिए? हालाँकि तब भी मैं अच्छी तरह जानती थी कि शब्द ही होते थे उसके ऐसे, उनके नीचे तो होता था दुःख—एक विवशता-भरा कातर दुख, जिसे महसूस कर मेरा मन भर आता था। मैं उसे समझाने की कोशिश करती, लेकिन वह सुनने नहीं, केवल सुनाने आता था। साफ कहूँ तो अपने दिल की भड़ास निकालने—इस अपेक्षा से कि वह सब मैं सोनल के पास पहुँचा दूँ, जिससे सोनल जान जाए कि अगर वह अमित

को छोड़कर जा सकती है तो अमित भी नफ़रत कर सकता है उससे; बल्कि नफ़रत ही करता है अब उससे। लेकिन मैंने सोनल को वह सब कभी नहीं बताया। सोनल को आहत करने के दूसरे तरीके तो थे ही उसके पास और मौक़ा मिलते ही जिनका भरपूर प्रयोग भी करता था वह। तो क्या इतने वर्षों के बाद भी... ?

लेकिन अमित चुप था।

नहीं, अमित अब बड़ा हो गया है।

"कैसा लग रहा है अपना काम, बम्बई ?"

चुप्पी मुझे भारी पड़ने लगी थी और मैं बातचीत को दूसरे विषयों पर ले जाना चाहती थी। लेकिन उसने मेरी बातों का कोई जवाब नहीं दिया और हमेशा की तरह बिना किसी भूमिका के एकदम प्रहार ही किया :

"एक काम, सिर्फ़ एक काम करने के लिए मैंने आपसे कहा था-- वह भी ऐसा काम, जो आपके लिए कतई मुश्किल नहीं था, लेकिन उसे भी नहीं किया आपने।"

उसकी आरोपती निगाहों ने तो मुझे ही कठघरे में ला खड़ा किया—गुनहगार बनाकर! तो क्या वह आज भी उसी खूँटे पर गड़ा है—बिना बदले, जहाँ का तहाँ ?

"अगर आज मैं फिर से कहूँ तो करेंगी ?" जवाब-तलब करती उसकी वही आक्रामक मुद्रा।

मैं कुछ कहूँ, पूछूँ, उसके पहले ही वह बोल पड़ा, "जानता हूँ, पहले की तरह आप फिर कहेंगी—'जिस थीम पर

मैं पहले ही एक पूरा उपन्यास लिख चुकी हूँ, उस पर अब दो लाइन भी नहीं लिखी जाएगी मुझसे। अपने को दोहराना लेखक के लिए कितना मुश्किल होता है—कम-से-कम मेरे लिए बहुत मुश्किल है।' "

कोई चार साल पहले कही मेरी बात को कुछ-कुछ मेरी ही अदा में उसने दोहरा दिया। बस, अपनी असमर्थता जताते मेरे इन शब्दों में जो विवशता भरी थी, अपनी वितृष्णा से उसने उन्हें क्रूर और निर्मम ज़रूर बना दिया। मुझे अच्छा नहीं लगा, लेकिन मैं कुछ कहती, उसके पहले ही वह भड़क उठा, "आपके लिए होगी यह थीम, लेकिन मेरी ज़िन्दगी की हक़ीक़त है। सहा है मैंने इसे हर दिन, हर पल।"

तो क्या अमित की उम्र में मात्र कुछ वर्षों का ही इजाफ़ा हुआ है, समझ का बिलकुल नहीं?

"अमित!" ब्रेक लगाना ज़रूरी हो गया था। कठोर लेकिन फिर भी भरसक संयत रहकर ही मैंने कहा, "अब तुम बच्चे नहीं हो, अपने पैरों पर खड़े जवान आदमी हो। और अब यह उम्र भी पीछे देखने की नहीं, आगे देखने की है। भविष्य है तुम्हारे सामने।"

बिना कुछ कहे उसने अपनी नज़रें ज़मीन में गड़ा दीं।

"और अब तो कम-से-कम बात को समझने की कोशिश करो। ... देखो, उसने भी बहुत सहा है—खास कर तुम्हें लेकर!" फिर अपने स्वर को और कोमल बनाकर पूछा, "अच्छा, बताओ, कहानी लिख भी देती तो उससे क्या हक़ीकत

बदल जाती? हुआ अनहुआ हो जाता? कुछ भी तो अनहुआ नहीं होता।''

कुछ देर चुप रहकर वह होंठों-ही-होंठों में बुदबुदाया फिर बहुत ठंडे स्वर में बोला, ''मैं जानता था, यही सब कहेंगी आप। इसीलिए रात भर बैठकर मैंने खुद अपनी कहानी लिखी है।'' और जेब से एक बड़ा-सा लिफ़ाफ़ा निकालकर मेरे सामने पटक दिया, ''मैं लेखक नहीं हूँ पर पिछले पाँच साल से लगातार डायरी लिखते रहने से अभ्यास तो हो ही गया है लिखने का, और फिर जब लिखने बैठा तो तस्वीरें उभरती चली गईं एक के बाद एक—अपने-आप।''

लगा, जैसे वह फिर उन्हीं तस्वीरों में खो गया है। मैंने भी उसे छेड़ा नहीं।

''मेरे नाम से तो इसे कोई छापेगा नहीं, कम-से-कम आप इसे अपने नाम से छपवा तो दीजिए—मेरी खातिर न सही, अपने नाम की खातिर ही इसे ठीक-ठाक भी कर दीजिए। बड़ी कृपा होगी आपकी।'' और वह तेज़ी से उठकर चल दिया।

लपककर मैंने उसे जैसे-तैसे दरवाज़े पर पकड़ा, ''अरे, चल कहाँ दिये? और यह कौन-सा तरीक़ा है...कोई बातचीत नहीं की...नौकरी मिलने की खुशी में साथ बैठकर मिठाई नहीं खाई...''

अपनी नज़रें मेरे चेहरे पर गड़ाकर बोला, ''बस, आप, जैसे भी हो, इसे छपवा दीजिए। यह मेरे लिए मिठाई से भी बढ़कर होगा। इसके छपने के बाद, हो सकता है, मैं इस

सबसे मुक्त ही हो जाऊँ—हमेशा के लिए। आगे देखने के लिए, एक नई स्वस्थ ज़िन्दगी के लिए कितना ज़रूरी है उस सबसे मुक्त होना!" और झटके से अपने को छुड़ाकर वह चला गया।

मैं अवसन्न-सी खड़ी रह गई।

ये संवाद, ये लटके-झटके, सच पूछो तो पहली बार मुझे बिलकुल फ़िल्मी लगे, लेकिन फिर ख़याल आया, नहीं, लगता है, ज़िन्दगी के उस समाप्तप्राय अध्याय में फिर कोई उठा-पटक हुई है, जिसने इसे झकझोर दिया है। बम्बई तो यह अभी गया है, पर चार साल से इसी शहर में रहते हुए भी कभी मेरे पास नहीं आया था। और मैंने समझा था कि चलो, दस साल बाद ही सही, आख़िर मन का मलाल तो मिटा! हो सकता है, दो-चार साल में सब कुछ सहज-सामान्य भी हो जाएगा। लेकिन शायद नहीं।

प्यार का सम्बन्ध जब नफ़रत में बदलता है तो क्या उसकी उम्र अनन्त हो जाती है?

सच पूछा जाए तो लिफ़ाफ़े में बन्द उस कहानी को पढ़ने की मेरी क़तई कोई इच्छा नहीं हो रही थी। सोनल को कठघरे में खड़ा करके जितने आरोप-प्रत्यारोप होंगे, वे सब अमित के मुँह से मैं कितनी ही बार तो सुन चुकी थी, फिर?

फिर भी मैंने लिफ़ाफ़ा उठाया और पढ़ने लगी। बिना किसी शीर्षक के सीधे कहानी शुरू हो गई थी :

बन्दी

"ऑफिस से लौटकर अमर ने जैसे ही अपने कमरे का दरवाज़ा खोला, सामने एक लिफ़ाफ़ा दिखाई दिया। उठाकर देखा तो देखता ही रह गया—'माँ की चिट्ठी इतने बरसों बाद और वह भी यहाँ के पते पर! किसने दिया यहाँ का पता? जासूसों की तरह क्यों पीछे पड़ी रहती हैं मेरे?' हमेशा की तरह फाड़ फेंकने के लिए उसके हाथों में हरक़त हुई, लेकिन पता नहीं क्या सोचकर वह रुक गया और हिक़ारत-भरी लापरवाही से लिफ़ाफ़े को पलंग पर उछाल दिया। तौलिया उठाकर वह सीधा बाथरूम में घुसा और उसने अपने-आपको नल की मोटी धार के हवाले कर दिया। ठंडे पानी ने शरीर से पसीने की चिपचिपाहट को तो दूर कर दिया लेकिन फिर भी कुछ था, जो उसे बेचैन बनाए हुए था। ड्रेसिंग-टेबल के सामने खड़े होकर शरीर पर इफ़रात से पाउडर छिड़कते हुए न जाने क्यों बार-बार नज़र शीशे पर पड़ते लिफ़ाफ़े के अक्स पर ही चली जाती! इतने दिनों बाद अब फिर क्यों लिखा है माँ ने पत्र? अपनी पहल पर सम्बन्धों का रूप उन्होंने तय किया—किससे जुड़ना और किससे कटना है, यह सब भी अपनी केवल अपनी सुविधा और ज़रूरत के हिसाब से कर लिया, उसके बावजूद जाने क्यों बरसों तक जब-तब पत्र लिख-लिखकर परेशान करती रहीं—बिना जवाब पाए भी? लेकिन चार साल पहले जो घटा, उसके बाद तो पत्र लिखना भी बन्द हो गया था—एक तरह से क़िस्सा ख़त्म। और बम्बई आने के बाद तो वह बिलकुल ही सुन्न हो गया था उस प्रसंग से—उससे उपजे

तनावों से। अब फिर क्या बात हो गई? खीजकर उसने पत्र उठाया और हमेशा की तरह फाड़ फेंकने की बजाय खोलकर उसे पढ़ने लगा :

'अमर बेटे,

नौकरी करके तुम बम्बई चले गए हो, इसीलिए यह पत्र लिख रही हूँ—इस विश्वास के साथ कि कम-से-कम वहाँ तुम इसे फाड़कर नहीं फेंकोगे, एक बार पढ़ोगे ज़रूर। यदि लिखूँ कि मुझे तुम्हारी बहुत-बहुत ज़रूरत है तो विश्वास करोगे? कर लेना बेटे, मुझे सचमुच तुम्हारी बहुत ज़रूरत है। एक बार, बस, एक बार मेरे पास चले आओ। मैं हर दिन तुम्हारी प्रतीक्षा करूँगी!

—माँ'

पत्र को वैसे ही फेंककर उसने पर्स उठाया और नीचे रेस्तराँ में खाना खाने चला गया।

लौटा तो वह पत्र वैसे ही पलंग पर खुला पड़ा था—माँ के निमंत्रण को दोहराता हुआ। लेकिन उसने दुबारा नहीं पढ़ा। मन में पहली प्रतिक्रिया यही उभरी—तो नौकरी करते ही माँ को उसकी ज़रूरत महसूस होने लगी? पैसा चाहिए? पर सुना तो यही था कि 'उस आदमी' के पास पैसा तो बहुत है, फिर क्या

ज़रूरत आ पड़ी? और न चाहते हुए भी वह फिर एक बार पत्र पढ़ गया।

फेंकने के लिए पत्र को मोड़-माड़कर मुट्ठी में भींचते हुए क्यों उसे लग रहा है कि यह पत्र पहले के उन तमाम पत्रों से भिन्न है, जिन्हें फाड़कर वापस भेज दिया जाता था? फिर ख़याल आया कि पहले के पत्र उसने पढ़े ही कहाँ? कई सालों तक तो पापा उसके नाम आए पत्रों की चिन्दिया करके, लिफ़ाफ़े में भरकर वापस भेज दिया करते थे। बाद में उसने भी यही तरीक़ा अपना लिया था। पता नहीं, क्या लिखा रहता होगा उन पत्रों में! होगा।

पत्र के गुड़मुड़ी किये गोले को बग़ल की मेज़ पर सरकाकर वह सोने की कोशिश करने लगा। लेकिन पत्र की पंक्तियाँ रह-रहकर उसे कचोटने लगीं : 'क्या ज़रूरत हो सकती है...और वह भी मेरी? और उन्होंने यह कैसे सोच लिया कि वे लिखेंगी और मैं चला ही जाऊँगा? तीन-चार बार तो मासी आई भी थीं यह सूचना देने कि माँ आई हैं और मुझसे मिलना चाहती हैं। वैसे तो पापा ही मना कर देते थे, पर एक बार पापा नहीं थे तो मैंने भी मना कर दिया कि मुझे नहीं मिलना किसी से...मेरी कोई माँ-वाँ नहीं है। मासी बहुत नाराज भी हुई थीं...शायद डाँटा भी था, पर मैं टस से मस नहीं हुआ था। जाता और पापा को मालूम होता तो गुस्सा नहीं होते पापा? वैसे भी उन दिनों कैसे-कैसे तो हो गए थे पापा!'

ख़ैर, छोड़ो, कितने साले हो गए उस सबको बीते भी अब तो! लेकिन फिर एकाएक ख़याल आया कि चौदह वर्षों में माँ का तो यह पहला पत्र है, जिसे उसने पढ़ा है...जिसमें माँ उसे बुला रही हैं। वह कितनी नफ़रत करता है माँ से, इस बात को अच्छी तरह जानने के बावजूद बुला रही हैं। ऐसी रोने-गिड़गिड़ाने वाली तो कभी नहीं थीं माँ! तब? तब क्या वे बातें सच थीं जो उसने माँ के शादी कर लेने के बाद सुनी थीं? माँ की दूसरी शादी की ख़बर जब आई तब तक वह बड़ा हो चुका था—तलाक़ और शादी का अर्थ समझ सके, इतना बड़ा। नफ़रत कर सके, इतना बड़ा और उसने सचमुच ही नफ़रत करना शुरू कर दिया था। इसके पहले तक वह शायद माँ से गुस्सा था—बहुत-बहुत गुस्सा लेकिन उसके बाद से वह नफ़रत करने लगा था—ऐसी नफ़रत, जिसके नीचे वह खुद ही तिलमिलाता रहता था।

आज भी याद है, माँ की शादी को लेकर कई दिनों तक कैसी-कैसी तो बातें करते रहे थे लोग! अजीब-सी हालत थी उसकी भी। एक तरफ़ तो वह माँ का नाम तक नहीं सुनना चाहता था लेकिन दूसरी तरफ़ जब भी मौका मिलता, छिप-छिपकर बातें सुनने की कोशिश करता था।

बातें तो याद नहीं लेकिन जो समझा, वह यही था कि माँ ने किसी बहुत ही खराब आदमी के साथ शादी की है, कि वह आदमी माँ की ज़िन्दगी मिट्टी में मिला देगा—माँ रोएँगी, पछताएँगी।

और तब वह मनाया करता था—'अच्छा है, खूब रोएँ, खूब पछताएँ। मैं भी तो कितना रोया हूँ, पापा भी तो कितने दुखी हुए हैं! भगवान करे, सबका फल मिल जाए माँ को। ...एक बार किसी ने कहा था—हो न हो, वह तान्त्रिक है, जिसने माँ को फँसा लिया है वरना माँ जैसी औरत कभी ऐसा काम कर ही नहीं सकती। जब नशा उतरेगा तब माँ चाहे कितना ही छटपटाए, छूट नहीं सकेंगी...बन्दी बनकर रहना पड़ेगा उसका...'

ऐसी-ऐसी जाने कितनी बातें थीं। तान्त्रिक का मतलब वह कुछ समझा भी था, कुछ नहीं भी समझा था, फिर धीरे-धीरे सारी बातें दिमाग़ से निकालकर उसने अपने को पढ़ाई में लगा दिया था। लेकिन यह बात दिमाग़ में जम गई थी कि माँ से उसे कोई सम्बन्ध नहीं रखना है।

माँ का पत्र पढ़कर आज वे ही बातें क्यों उभर-उभरकर सामने आ रही हैं? तो क्या नशा उतर गया? छटपटाती माँ ही नहीं गुहार रही हैं इस पत्र में? और एकाएक ही चार साल पहले का एक दृश्य उसकी आँखों के आगे उभर आया—ज्यों का त्यों :

सवेरे का समय था। घंटी की आवाज़ सुनकर वही दरवाज़ा खोलने गया था। खोला तो अवाक्! ...माँ इतने बरसों बाद इस घर में? यह जानते हुए भी कि इस घर के दरवाज़े उनके लिए बन्द हो चुके हैं—हमेशा के लिए?

उसे देखते ही अपनी दोनों बाँहें फैलाकर वे जैसे ही उसे समेटने के लिए आगे बढ़ीं तो उसने एक कदम पीछे हटकर उन्हें बुरी तरह झिड़क दिया था, 'क्यों आई हैं आप यहाँ... ? चली जाइए...एकदम चली जाइए! पापा अभी घर में नहीं हैं, वे आएँ, उसके पहले-पहले चली जाइए।' और फिर एक क़दम आगे बढ़कर दरवाज़े पर दोनों हाथ फैलाकर वह खुद उनके लिए जैसे दरवाज़ा बनकर खड़ा हो गया था।

'मेरी बात तो सुन अमर...मुझे तुझसे कुछ कहना है बेटे! नरेन आ भी गए तो क्या कहेंगे...मैं क्या अपने बेटे से बात भी नहीं कर सकती?'

उनका स्वर रुआँसा हो गया था या शायद वे रो भी पड़ी थीं। ध्यान से देखा ही नहीं था उसने तो, 'वे कुछ कहें या न कहें, लेकिन मैं नहीं चाहता कि वे आपको यहाँ देखें। देखना तो दूर, मैं आपका नाम तक नहीं आने देना चाहता हूँ उनके सामने। आप एकदम चली जाइए यहाँ से...कोई बेटा-वेटा नहीं है आपका यहाँ...कोई बात नहीं करनी है मुझे आपसे। मैं कहता हूँ, तुरन्त लौट जाइए आप यहाँ से!'

माँ को लेकर जितना दुखी उसने पापा को देखा था, जितना दुख उसने खुद उठाया था, उतना ही दुखी वह शायद उस दिन माँ को कर देना चाहता था—तिलमिला देनेवाला दुख। वे भी तो जानें कुछ!

माँ एक क्षण ठिठकी खड़ी रहीं, फिर लौट गईं। पापा को बिना बताए माँ के इस तरह चले आने और लौटा दिये जाने को

उसने अकेले ही झेला था—भरपूर प्रतिशोध ले लेने की परम तृप्ति के साथ, पर भीतर ही भीतर कहीं कुछ और भी था—क्या, सो तो वह खुद ही नहीं समझ पाया था। बस, इतना याद है कि बहुत कोशश करने पर भी जब वह सो नहीं पाया तो उसने डायरी रँगना शुरू कर दिया था। कुछ दिन पहले ही लगा था यह चस्का।

उसके बाद माँ ने कभी पत्र नहीं लिखा।

उसके बाद वह कभी मासी के पास जाने की हिम्मत नहीं जुटा पाया।

तो क्या माँ उस समय से ही दुखी-ग्रस्त हैं? उस दिन क्या वे उसी की आड़ लेकर, उसे समझा-बुझाकर फिर से इस घर में रहने के इरादे से ही आई थीं? कैसा चेहरा था माँ का उस समय! पश्चात्ताप की आग में झुलसा हुआ—दुखी, कातर! पर उसे कुछ भी याद नहीं आया। उस दिन तो माँ को देखने की जगह, माँ को हटाने में लगा हुआ था वह। तो क्या तब से ही माँ वहाँ से मुक्ति के लिए छटपटाती हुई त्रास-भरा जीवन ही जी रही हैं?

और जैसे ही वह अपने पैरों पर खड़ा हुआ, उन्होंने सहारे के लिए फिर उसे पुकार लगाई! चार साल पहले भी वह बच्चा नहीं था—पूरी समझदारी की उम्र में ही उन्हें अपमानित करके घर से निकाला था...उसके बावजूद वे उसी में सहारा ढूँढ़ रही हैं...उसे बुलाकर वे अपने-आपको उसी के हाथों में सौंप देना चाहती हैं। इन चौदह सालों में उसने अपनी तरफ से तो कोई भी

मौक़ा नहीं छोड़ा था उन्हें आहत करने का। अपने हर काम और हर व्यवहार से उसने बता दिया था कि अपनी ज़िन्दगी की स्लेट पर से उसने माँ का नाम मिटा दिया है—पूरी-पूरी तरह से हमेशा के लिए। उस दिन घर से धकेलकर यह भी बता दिया था कि उस घर में भी माँ के लिए अब कोई जगह नहीं है। उसके बावजूद माँ उसी को बुला रही हैं? किस उम्मीद से? किस विश्वास के साथ?

न जाने किस आवेग में आकर उसने उस मुड़े-तुड़े बन्द काग़ज़ को उठाया और खोलकर फिर से पढ़ने लगा—माँ की उन पंक्तियों में, जिन्हें चौदह साल में वह पहली बार पढ़ रहा था। माँ का आँसुओं से भीगा चेहरा दिखाई देने लगा, जैसाकि उसने एक बार बचपन में देखा था और जिसे वह कभी नहीं भुला पाया था। शायद इसलिए भी कि माँ को उसने कभी रोते हुए देखा ही नहीं था। पता नहीं, माँ के आँसुओं में ऐसा कुछ था या कि उसकी बदली मानसिकता में कि इतने सालों से जमा पत्थर एकाएक दरक गया और एक बार जो पिघलना शुरू हुआ तो पिघलता ही चला गया।

दो दिन बाद उसने छुट्टी की अर्जी दी और ऑफिस के कोटे से ही रिज़र्वेशन करवा लिया। उस घर में जाने की बात को लेकर किसी तरह की झिझक या संकोच भी अमर के मन में नहीं आ रहा था, बल्कि इसके विपरीत एक आत्मविश्वास—माँ को वहाँ से मुक्त कराकर एक बहुत बड़ी ज़िम्मेदारी निभाने का आत्मविश्वास। अपने ही भीतर जन्मे इस नये अमर को

पहचानने में उसे खुद कठिनाई हो रही थी, पर वह प्रसन्न था---प्रसन्न और हल्का।

रेल आगे की ओर दौड़ रही थी और उसका हल्का-फुल्का मन पीछे की ओर—बहुत पीछे की ओर! बचपन के एक दूसरे से गुँथे न जाने कितने चित्र आँखों के आगे उभरने लगे।

तो क्या अमित सोलन के पास गया?

अरे तो यह सब क्या अमित ने लिखा है?

मुझे तो जैसे दोनों ही बातों पर विश्वास नहीं हो रहा था, तो क्या अमित के मन की गहरी पीड़ा जो अभी तक गुस्सा या आँसू बन-बनकर ही बहती रही थी, एकाएक रचना बनकर बह निकली?

जिस अपराध-बोध से इतने वर्षों तक सोनल त्रस्त रही, सोनल से मिलकर, सारी स्थिति जानने के बाद क्या वही अपराध-बोध अब अमित के मन में उतर आया है?

क्या इसीलिए माँ को लेकर आरोपों का जो अम्बार लगा रहता था उसके मन में, वह आज छितरा गया?

क्या इसीलिए वह आज मेरा सामना भी नहीं कर पा रहा था?

इतना आग्रह करने के बावजूद थोड़ी देर के लिए भी नहीं रुका।

और क्या रात भर बैठकर प्रायश्चित्त-स्वरूप खुद ही नहीं लिख डाली है उसने यह कहानी?

सोनल के प्रति क्रूरता की हद को छूनेवाली जिन दुर्भावनाओं से उसने अपने को बाँध रखा था, आख़िर वह उससे मुक्त हो ही गया।

सच ही तो है, पीड़ा जब रचना बनकर बहती है तो अपने साथ मन के सारे विकार और विकृतियाँ भी बहाकर नहीं ले जाती?

मैंने एक पुलक-भरी राहत की साँस ली। जानी-पहचानी कहानी के इस अनजान पहलू ने एकदम मेरी जिज्ञासा बढ़ा दी और मैंने अपनी नज़रें फिर कागज पर गड़ा दीं :

'बचपन की याद के दायरे में सबसे पहले दादी का घर उभरता है। दो-मंजिला मकान, बीच में बड़ा-सा आँगन, चारों तरफ़ बरामदे और फिर कमरे ही कमरे। बरामदे में एक आसन पर बैठकर हर समय माला फेरती हुई दादी, पर माला के साथ-साथ वे बातें भी करती जाती थीं। हर काम के लिए दादी की डाँट खाकर भी हँसती रहने वाली नर्मदा काकी...गुड़िया खेलती मुन्नी बुआ, जिनकी गुड़िया की शादी होने पर उसे भी बहुत काम करना पड़ता था...बाहर की बैठक में पापा के दोस्तों का

जमघट, जिनके लिए वह दौड़-दौड़कर नाश्ता ले जाया करता था...सबकी फ़र्माइशों की अच्छी-अच्छी चीजें बनाती रसोई में बैठी या घर का कोई और काम करती हुई माँ। लेकिन कुछ चित्र हैं जो बहुत साफ़ हैं उसके दिमाग़ में—क्यों, सो तो वह खुद नहीं जानता, शायद इसलिए कि वे याद थे—पूरे के पूरे। लेकिन वह याद नहीं कि इनमें कही लोगों की बातें भी बिलकुल वही थीं। शायद नहीं, उन्हें तो उसने कुछ-कुछ गढ़ लिया था—डायरी में लिखते समय, और उसके बाद तो जब भी वे तस्वीरें कभी मन में उभरतीं, इन बातों के साथ ही उभरतीं :

वह स्कूल से लौटा है और माँ आँगन में दो-तीन बाल्टियों में कपड़े भरकर धोबीघाट लगाये बैठी हैं। बस्ता एक तरफ फेंककर वह चिल्लाता है, 'माँ, खाना दो, भूख लगी है।'

दादी माला फेरते-फेरते ही कहती हैं, 'चल, मैं देती हूँ खाना। देखता नहीं, माँ कपड़े धो रही है?'

'आप अपनी माला फेरिए, माँ देंगी खाना...वो कहानी भी तो सुनाएँगी।'

'पागल हो गया है? दिन में भी कोई सुनता है कहानी? मामा रास्ता नहीं भूल जाएँगे?'

'कोई नहीं भूलता रास्ता-वास्ता...माँ मुझे रोज़ सुनाती हैं कहानी। बिना कहानी के तो मैं खाना ही नहीं खाता, आपको कुछ पता भी है... ?'

'अच्छा, बाबा, चल, मैं सुनाती हूँ तुझे कहानी भी।' दादी माला रखकर उठती हैं।

'नहीं सुननी मुझे आपसे कहानी—माँ ही खाना देंगी, माँ ही कहानी सुनाएँगी। ...माँ, चलो न...' वह गले की पूरी ताक़त लगाकर चिल्लाता है।

माँ कहतीं कुछ नहीं, बस, हाथ धोकर उठ जाती हैं।

'आख़िर उठाकर ही माना न माँ को! जाने कैसा जिद्दी बच्चा है! एक बार जो बात घुस जाए भेजे में, उससे कोई टस से मस तो करा ले, देखें।'

क्या सचमुच ही वह जिद्दी बच्चा था?

माँ पीतल की बड़ी-बड़ी बाल्टियाँ, घड़े, भगौने अपने सामने फैलाकर इमली से रगड़-रगड़कर उन्हें चमका रही हैं और वह उसमें झाँक-झाँककर देख रहा है। जैसे ही उसे अपना चेहरा दिखने लगता है, वह चिल्लाता है, 'हो गया है माँ, बस, हो गया! अब इसमें मेरा मुँह दिख रहा है!'

दादी नर्मदा काकी को गन्दे बर्तन माँजने के लिए डाँटे जा रही हैं, 'कितनी बार कहा कि घर के बर्तन ऐसे माँजा कर कि आदमी मुँह देख ले उसमें अपना, पर इसके तो कुछ समझ ही नहीं आता!'

पर नर्मदा काकी हैं कि डाँट खाकर भी हँसे जा रही हैं।

तभी पापा आते हैं और हँसकर कहते हैं, 'थोड़ी-सी इमली रगड़कर आमि का मुँह भी चमका दो...गन्दा घूमता रहता है सारे दिन!'

माँ को छोड़कर वह पापा के साथ लटक लेता है।

पर दो चित्र हैं जो उसकी याद में, दिल में, दिमाग़ में खुदे पड़े हैं। जब भी बचपन की बातें याद करता है, न जाने कितनी आधी-अधूरी, धुँधली बातों के बीच में ये ऐसे उभरकर आते हैं मानो, फिर से उसकी आँखों के सामने घट रहे हों! क्यों, सो तो वह कभी नहीं समझ पाया।

शाम का समय। माँ हमेशा की तरह घर के किसी काम में लगी हैं। पापा आँगन में खाट पर लेटे हैं और वह दादी की गोद में लदा हुआ है। तभी छोटी दरवाज़े से ही चिल्लाती हुई घुसती हैं, 'भाभी, क्या तारीफ की है मेहमानों ने तुम्हारे हाथ के बने खाने की! तुम सुनतीं तो बस...!'

'तुमने बुलाया था क्या जो सुनतीं,' पापा ने जैसे शिकायत की।

'बहू के हाथ में सवाद ही बहुत है...कुछ भी बनाए...'

वह दादी की गोद से छिटककर माँ के पास आकर उनका हाथ पकड़कर पूछता है, 'माँ के हाथ में सवाद बहुत है तो मैं माँ का हाथ खा जाऊँ दादी?'

माँ अपना हाथ खींचकर उसे अलग कर देती हैं और दादी हँसती हुई कहती हैं, 'मसखरी तो कोई इससे करा ले!'

बुआ फिर तारीफ़ करने लगती हैं तो पापा कहते हैं, 'बीवी किसकी है!'

'माँ किसकी है!' वह भी पापा की नकल करता है और माँ की पीठ पर लदकर दोनों बाँहें उनके गले में डाल देता है।

'देखो तो कैसे इतरा रहे हैं बाप-बेटे दोनों! अरे जब इस घर में आई थी बहू तो रोटी बेलनी भी नहीं आती थी...सिखाया तो सब मैंने ही है।'

दादी का वाक्य उसने पूरा किया तो दादी ने उसे पीटने के लिए हाथ बढ़ाया, 'देख नरेन, तू समझा दे अपने बेटे को, मेरे से...'

'रोज़ आप बोलती हैं यह बात, आज मैंने बोल दी तो क्या हो गया? आगे की बात भी बोल दूँ...बोल दूँ... ?'

'हाँ, बोल दे!' पापा ने उकसाया तो गाल पर हाथ रखकर वह दादी की नकल करते हुए ही बोला था, 'घर से बाहर रहकर खूब ऊँची पढ़ाई करनेवाली लड़की की बात सुनकर ही मेरा तो माथा ठनका था, पर मेरी बहू तो 'लाखों में एक निकली।'

पापा ने भी उसके स्वर में स्वर मिलाकर वाक्य पूरा किया तो सब लोग खूब हँसे थे—माँ भी।

'अच्छा, अब अपनी लाखों की बहू को बोलना भी तो सिखाओ भैया!...माँ, भाभी को चिड़िया का जूठा पानी पिलाओ—इनकी चोंच तो खुले।'

'चोंच? लो, मैं खोलता हूँ चोंच,' और वह माँ के दोनों होंठों को पकड़कर ऊपर-नीचे करने लगा, 'लो, खुल गई चोंच...खुल गई चोंच!'

सब फिर हँसने लगे थे पर माँ ने झटककर उसके हाथ ही नहीं, उसे भी अलग कर दिया था।

'अच्छा ही तो है जो कम बोलती है। मुझे नहीं अच्छी लगतीं सारे दिन चबर-चबर करती बहुएँ।'

'चबर-चबर करना क्या होता है दादी?'

'जो तू करता रहता है सारे दिन,' कहकर पापा ने खींचकर उसे अपने से सटा लिया था।

'और जो दादी भी करती रहती हैं सारे दिन? पर मेरे साथ तो माँ भी खूब चबर-चबर करती हैं रात में। क्यों माँ, करती हो न?'

माँ कुछ कहती नहीं, केवल मुस्कुराकर रह जाती हैं।

रात को आठ से नौ बजे तक का एक घंटा पक्का था उसके लिए माँ के पास। बस, और कोई नहीं, वह और माँ। तब सबसे पहले माँ स्कूल का होमवर्क करवाती थीं, क्लास से आगे की पढ़ाई करवा देती थीं, फिर जाने कितनी-कितनी बातें तो बताया करती थीं, जिन्हें सुनकर वह एक दूसरी ही दुनिया में पहुँच जाया करता था। कहानियाँ सुनाती थीं...गा-गा कर

कविताएँ सिखाती थीं, जिन्हें फिर वह दादी को सुनाया करता था। पापा और मुन्नी बुआ को सुनाया करता था। उस रात उसने भी माँ से पूछा था, 'माँ, तुम सारे दिन इतना चुप-चुप क्यों रहती हो? किसी से ज़्यादा बोलतीं क्यों नहीं? बाकी सब लोग तो कितना बोलते हैं!'

तो माँ ने लाड़ से बाँहों में भरकर कहा था, 'इसलिए कि दूसरों के साथ ही खूब बोल ली तो फिर तेरे साथ चबर-चबर कैसे करूँगी?'

और फिर वह और माँ खूब हँसे थे। देर तक हँसते रहे थे।

पापा दिल्ली गए थे—वह शायद कहानी सुनते-सुनते दादी के पास ही सो गया था। अचानक उसकी नींद खुली तो दौड़कर वह माँ के कमरे में गया। कमरे की बत्ती जल रही थी और एक खुली हुई मोटी-सी किताब से चेहरा ढके माँ शायद सो गई थीं। उसने धीरे से आगे बढ़कर जैसे ही माँ के चेहरे पर से किताब उठाई, वे हड़बड़ाकर उठ बैठीं। उनका चेहरा आँसुओं से गीला था।

'तुम रो रही हो माँ?'

माँ ने जल्दी से अपना चेहरा पोंछा था पर वह बेहद डर गया था क्योंकि उसने माँ को रोते हुए तो कभी देखा ही नहीं था—एक बार भी नहीं!

'बताओ न माँ, क्यों रो रही हो? क्या हो गया तुम्हें...मत रोओ माँ!' और वह माँ के आँसू पोंछने लगा था।

माँ ने बाँहों में भरकर उसे छाती से चिपका लिया था और फिर फूट-फूटकर रोने लगी थीं।

माँ को खिलखिलाकर हँसते हुए और माँ को फूट-फूटकर रोते हुए देखनेवाले ये दो चित्र—बहुत कच्ची उम्र में देखे हुए ये चित्र क्यों उसकी याद में चिपक गए थे? और जब उसने डायरी लिखना शुरू किया था, तो उसमें इन्हें लिखा था।

मुक्ति

और अन्ततः ब्राह्म मुहूर्त में बाबू ने अपनी आख़िरी साँस ली। वैसे पिछले आठ-दस दिन से डॉक्टर सक्सेना परिवार वालों से बराबर यही कह रहे थे, 'प्रार्थना कीजिए ईश्वर से कि वह अब इन्हें उठा लें, वरना एक बार अगर कैंसर का दर्द शुरू हो गया तो बिलकुल बर्दाश्त नहीं कर पाएँगे ये।'

परिवार वालों के अपने मन में भी चाहे यही सब चल रहा हो पर ऊपर से तो सब एक दुखद मौन ओढ़े खड़े रहते—बिलकुल चुपचाप। तब सबको आश्वस्त करते हुए सक्सेना ही फिर कहते :

'वैसे भी सोचो तो इससे अधिक सुखद मौत और क्या हो सकती है भला! चारों बच्चे सेटल हो ही गए, कितना ध्यान भी रखते हैं पिता का, वरना आज के जमाने में तो...! बड़े

भाग्य से मिलता है ऐसा घना-गुंथा संयुक्त परिवार, जिसके आधे से ज्यादा सदस्य तो इसी शहर में रहते हैं और बराबर जो अपनी ड्यूटी निभाते ही रहे हैं, कहीं कोई चूक नहीं, कोई कमी नहीं।'

परिवार के लोग चुप।

मेरा मन ज़रूर हुआ कि उन्हीं की बात आगे बढ़ाते हुए इतना और जोड़ दूँ कि कितनों को मिलते हैं आप जैसे डॉक्टर, जो इलाज करते-करते परिवार के सदस्य ही बन गए! बाबू के तीसरे बेटे! पर कहा नहीं गया। मैं भी परिवार वालों के साथ चुप ही खड़ी रही।

'और सबसे बड़ी बात तो यह कि कितनों को नसीब होती है ऐसी सेवा करनेवाली पत्नी! मैं तो हैरान हूँ उनका सेवा-भाव देखकर। आख़िर उम्र तो उनकी भी है ही! उसके बावजूद पिछले आठ महीनों से उन्होंने न दिन को दिन गिना, न रात को रात! बस, लगातार...' और बिना वाक्य पूरा किये ही मुड़कर वे जाने लगते।

पता नहीं क्यों, मुझे लगता, जैसे मुड़ते ही वे अम्मा के इस सेवा-भाव के प्रति, कहीं नत-मस्तक हुए हैं और मैं सोचती कि चलो, कम-से-कम एक आदमी तो है जिसके मन में अम्मा की इस रात-दिन की सेवा के प्रति सम्मान है, वरना परिवार वालों ने इस ओर ध्यान देना ही छोड़ दिया है—बस, जैसे वे करती हैं तो करती हैं। किसी ने इसे उनके फ़र्ज़ के खाते में डाल दिया, तो किसी ने उनके स्वभाव के खाते में, तो किसी ने उनकी

दिनचर्या के खाते में। सबके ध्यान के केन्द्र में रहे तो केवल बीमार बाबू!

स्वाभाविक भी था। बीमारी भी तो क्या थी—एक तरह से मौत का पैग़ाम! हाँ, मुझे ज़रूर यह चिन्ता सताती रहती थी कि बिना समय पर खाए, बिना पूरी नींद सोए, बिना थोड़ा-सा भी आराम किये जिस तरह अम्मा रात-दिन लगी रहती हैं तो कहीं वे बीमार न पड़ जाएँ, वरना कौन देखभाल कर सकेगा बाबू की इस तरह?

बाबू दिन-दिन भर एक ख़ास तेल से छाती पर मालिश करवाते थे, तो रात-रात भर पैर दबवाते थे। मैं सोचती कि बाबू को क्या एक बार भी ख़याल नहीं आता कि अम्मा भी तो थक जाती होंगी? रात में उन्हें भी तो नींद की जरूरत होती होगी या दिन में समय पर खाने की। पर नहीं, बाबू को इन सबका शायद कभी ख़याल भी नहीं आता था। उनके लिए तो अपनी बीमारी और अपनी तीमारदारी ही सबसे महत्त्वपूर्ण थी और इस हालत में अम्मा से सेवा करवाना वे अपना अधिकार समझते थे, तो इसी तरह सेवा करना अम्मा का फ़र्ज़!

कई बार अम्मा को थोड़ी-सी राहत देने के इरादे से मैं ही कहती, 'बाबू, लाइए, मैं कर देती हूँ मालिश...चार बज रहे हैं, अम्मा खाना खाने चली जाएँ,' तो बाबू मेरा हाथ झटककर कहते, 'रहने दे, नहीं करवानी मुझे मालिश!' और इस उत्तर के साथ ही उनके ललाट पर पड़ी सलवटों को देखकर न फिर

अम्मा के हाथ रुकते, न पैर उठते। उसके बाद तो मैंने भी यह कहना छोड़ ही दिया।

तीन महीने पहले बाबू को जब नर्सिंग-होम में शिफ्ट किया गया तो ज़रूर मैंने थोड़ी राहत की साँस ली। सोचा, अब तो उनकी देखभाल का थोड़ा बोझ तो नर्स भी उठाया करेगी...अम्मा को थोड़ी राहत तो मिलेगी, पर नहीं, नर्स से तो बाबू केवल दवाई खाते या बीपी चैक करवाते, बाकी की सारी सेवा-चाकरी तो अम्मा के ही ज़िम्मे रही!

अम्मा रात-दिन बाबू के साथ नर्सिंग-होम में ही रहतीं, और मालिश और दबाने का काम भी पहले की तरह ही चलता रहता। हाँ, डॉक्टर सक्सेना की विशेष सिफारिश पर रात में कभी कोई ज़रूरत पड़ जाए तो अम्मा के साथ रहने के लिए परिवार का कोई न कोई सदस्य आता रहता।

कल रात नौ बजे के क़रीब हम लोग खाना खाकर उठे ही थे कि फोन की घंटी बजी। मैंने फोन उठाया तो उधर बड़े चाचा थे, ''छोटी, भैया की पहले आवाज़ गई और फिर थोड़ी देर बाद वे बेहोश हो गए। डॉक्टर सक्सेना को बुलाया तो उन्होंने आकर अच्छी तरह देखा और फिर कमरे से बाहर आकर इतना ही कहा, 'बस, समझिए कि कुछ घंटे की ही बात और है, आप फोन करके बच्चों को बुला लीजिए।' फिर उन्होंने नर्स को कुछ आदेश दिया और चले गए! सो देख, तू फोन करके शिवम को कह दे कि सवेरे की पहली फ्लाइट पकड़कर आ जाए। लखनऊ फोन करके बड़ी को भी कह दे कि वह भी

जल्दी से जल्दी पहुँचे। अमेरिका से नमन का आना तो मुश्किल है पर सूचना तो उसे भी दे ही दे! और सुन, फोन करके तू नर्सिंग-होम आ जा, मैं बाहर निकलूँगा...सारी व्यवस्था भी तो करनी होगी।''

सुना तो मैं ज्यों का त्यों सिर थामकर बैठ गई। बिना बताए ही रवि जैसे सब कुछ समझ गए। स्नेह से मेरे कन्धे पर हाथ रखकर पूछा, ''नर्सिंग-होम चलना है?''

मैंने धीरे से गर्दन हिलाकर अपनी स्वीकृति दी तो रवि ने पूछा, ''क्या कहा चाचाजी ने...क्या... ?''

''बाबू बेहोश हो गए हैं और डॉक्टर साहब ने अच्छी तरह देखने के बाद कहा कि बस, कुछ घंटों की बात ही और है, परिवार वालों को ख़बर कर दो...यानी कि बाबू अब...'' और मेरी आवाज़ रुँध गई।

रवि ने मेरी पीठ सहलाई, ''तुम तो हिम्मत रखो वरना अम्मा को कौन सँभालेगा?''

अम्मा की बात सोचकर एक बार तो मैं और विचलित हो गई। क्या गुजरेगी उन पर! पर फिर अपने को सँभालकर उठी और सबसे पहले बम्बई बड़े भैया को फोन किया।

सारी बात सुनकर वे बोले, ''थैंक गॉड! बिना तक़लीफ शुरू हुए ही शान्ति से जाने की नौबत आ गई! ठीक है, मैं सवेरे की पहली फ्लाइट लेकर आता हूँ...पर देख, सुषमा तो आ नहीं पाएगी, दोनों बच्चों के बोर्ड के इम्तिहान जो हैं। मैं अकेला ही पहुँचता हूँ। वैसे भी सब लोग करेंगे भी क्या?''

दीदी को फोन किया तो उन्होंने भी इतना ही कहा, "जल्दी से जल्दी आने की कोशिश करती हूँ।" इसके आगे-पीछे न कुछ कहा, न पूछा।

बाबू तो ख़ैर जा ही रहे हैं, अम्मा के बारे में ही कुछ पूछ लेते, पर नहीं। लगा, जैसे रस्म अदायगी के लिए आना है सो आ रहे हैं।

हैरान-सी मैं गाड़ी में बैठी तो रवि से कहे बिना न रहा गया, "रवि, भैया और दीदी की आवाज़ का ऐसा ठंडापन, जैसे सब इस सूचना की प्रतीक्षा ही कर रहे थे...किसी को कोई सदमा ही न लगा हो :"

"ऐसा क्यों सोचती हो? याद नहीं, कैसा सदमा लगा था उस दिन जब पहली बार डॉक्टर्स से कैंसर की रिपोर्ट मिली थी? उसके बाद कुछ महीनों तक तो कितनी लगन से बाबू की देखभाल और तीमारदारी चलती रही थी। शुरू के चार महीनों में दो बार तो बम्बई से बड़े भैया आए, एक बार अमेरिका से छोटे भैया भी आए। उन्होंने तो बीमारी का सारा खर्च उठाने का जिम्मा भी लिया, वरना आज बाबू क्या नर्सिंग-होम का खर्चा उठा पाते? फिर यहाँ रहनेवाले परिवार के दूसरे लोग भी तो रोज़ हाज़िरी बजाते ही रहे थे। हाँ, समय के साथ-साथ ज़रूर सब कुछ थोड़ा कम होता चला गया...जो बहुत स्वाभाविक भी था।"

मैंने सोचा, ठीक ही तो कह रहे हैं रवि! दूसरों की क्या कहूँ, मैं खुद अब कहाँ पहले की तरह चार-चार, पाँच-पाँच

घंटे आकर बाबू के पास बैठती रही हूँ। इधर तो दो-दो दिन छोड़कर भी आने लगी थी। शायद यही जीवन की नंगी सच्चाई है कि जैसे-जैसे बीमारी लम्बी खिंचती चलती है, फ़र्ज़ के तौर पर ऊपर से भले ही सब कुछ जैसे-तैसे घिसटता रहे, पर मन की किसी अनाम परत पर उस अघट के घटने की प्रतीक्षा भी नहीं चलती रहती? शायद इसीलिए मौत की इस सूचना ने सदमा नहीं, राहत ही पहुँचाई सबको। फिर भी कम-से-कम...।

मेरे मन में चलनेवाली हर बात, हर सोच को अच्छी तरह समझने वाले रवि का एक हाथ मेरी पीठ सहलाने लगा, "रिलैक्स शिवानी, रिलैक्स। इस समय सब बातों से ध्यान हटाकर तुम केवल अम्मा की बात सोचो। अभी तो तुम्हें ही सँभालना है उन्हें। बाकी सब लोग तो बाबू में लग जाएँगे, पर अम्मा पर जो गुजरेगी..."

"जानती हूँ। लम्बी बीमारी ने जहाँ अन्तरंग से अन्तरंग सम्बन्धों के तार भी रेशे-रेश करके बिखेर दिये, वहाँ एक अम्मा ही तो जुड़ी रहीं उनसे। उतने ही लगाव, उतनी ही निष्ठा के साथ रात-दिन सेवा करती रहीं उनकी। कितनी अकेली हो जाएँगी वे! कैसे झेलेंगी इस सदमे को?"

गाड़ी रुकी तो लगा—अरे, नर्सिंग-होम आ भी गया! समझ ही नहीं पा रही थी कि कैसे सामना करूँगी अम्मा का! जैसे-तैसे हिम्मत जुटाकर ऊपर चढ़ी तो हैरान। अम्मा वैसे ही बाबू के पैर दबा रही थीं।

मुझे देखते ही बोलीं, "अरे छोटी, तू कैसे आई इस बखत?"

समझ गई कि चाचा अम्मा को बिना कुछ बताए ही बाहर निकल गए। मैंने भी अपने को भरसक सहज बनाकर ही जवाब दिया, "चाचा का फोन आया था। उन्हें किसी ज़रूरी काम से बाहर जाना था, सो उन्होंने मुझे तुम्हारे पास आकर बैठने को कहा, तो आ गई।"

अम्मा का सामना करना मुश्किल लग रहा था, सो यों ही मुड़ गई। सामने टिफ़िन दिखाई दिया तो पूछ बैठी :

"बारह बजे तुम्हारे लिए जो खाना भिजवाया था, खाया या हमेशा की तरह टिफिन में ही पड़ा है?"

"कैसी बात करे है छोटी? कित्ते दिनों बाद तो आज ऐसी गहरी नींद आई है इन्हें...पैर दबाना छोड़ दूँगी तो जाग नहीं जाएँगे? और जो जाग गए तो तू तो जाने है इनका ग़ुस्सा। देखा नहीं, कैसे लातें फटकारने लगे हैं ये! सो दबाने दे मुझे तो तू। खाने का क्या है, पेट में पड़ा रहे या टिफिन में, एक ही बात है!"

कैसा तो डर बैठ गया है अम्मा के मन में बाबू के गुस्से का कि उन्हें सोता हुआ जानकर भी वे पैर दबाना नहीं छोड़ रहीं। पिछले कई महीनों से यही तो स्थिति हो गई है उनकी कि खाना टिफिन में पड़ा रहे या पेट में, उन्हें कोई फर्क नहीं पड़ता और इस सबके लिए उन्होंने न कभी किसी से कोई शिकायत की, न गुस्सा। गुस्सा करें भी तो किस पर? गुस्सा करना नहीं—बस, जैसे गुस्सा झेलना ही नियति बन गई थी उनकी!

आश्चर्य तो मुझे इस बात पर हो रहा था कि इतनी अनुभवी अम्मा को क्या यह बिलकुल पता नहीं चल रहा था कि बाबू गहरी नींद में नहीं, बल्कि बेहोशी की हालत में पड़े हुए हैं? क्या आठ महीने की लम्बी बीमारी ने भूख-नींद के साथ-साथ उनकी सारी इन्द्रियों को भी सुन्न कर दिया है? एक तरफ तो कुछ घंटों के बाद बाबू के साथ जो होने जा रहा है, उसकी तकलीफ़; अम्मा पर होनेवाली उसकी प्रतिक्रिया की कल्पना और दूसरी तरफ सहज बने रहने का नाटक—अजीब स्थिति से गुज़र रही थी मैं।

सवेरे ठीक पाँच बजे बाबू ने आख़िरी साँस ली। आने के कुछ देर बाद ही नर्स ने मुझे बुलाकर कहा था कि वे यदि बार-बार अन्दर आएँगी तो अम्मा को शक होगा और वे अभी से रोना-धोना शुरू कर देंगी, इसलिए मैं ही थोड़ी-थोड़ी देर बाद बाबूजी की साँस का अन्दाज़ लेती रहूँ। और मैं बाबू के सिर पर हाथ फेरने के बहाने यह काम करती रहती थी।

कोई पाँच-सात मिनट पहले ही उनकी उखड़ी-उखड़ी साँस को देखकर मैं ही नर्स को बुला लाई। नर्स थोड़ी देर तक पल्स पर हाथ रखे खड़ी रही फिर उसने धीरे से बाबू के पैरों से अम्मा के हाथ हटाए। सब कुछ समझकर बाबू के पैरों से लिपटकर ही अम्मा छाती फाड़कर जो रोईं तो उन्हें सँभालना मुश्किल हो गया।

परिवार के कुछ लोग शायद काफी देर पहले से ही नीचे आकर खड़े हो गए थे। नर्स की सूचना पर बड़े चाचा, चाची

और रवि ऊपर आ गए। ये सब लोग तो रात से ही इस घटना के लिए मानसिक रूप से तैयार थे, नहीं थीं तो केवल अम्मा, सो उन्हें ही सँभालना मुश्किल हो रहा था।

चाची ने अँसुवाई आँखों से अम्मा की पीठ सहलाते हुए कहा, ''धीरज रखो भाभी, धीरज रखो,'' पर अम्मा ऐसी ही रहीं और रोते-रोते फिर जो चुप हुईं तो ऐसी चुप मानो अब उनमें रोने की ताक़त भी न बची हो! हथेलियों में चेहरा ढाँपे वे बाबू के पैताने जस की तस बैठी रहीं।

थोड़ी देर बाद नर्स के इशारे पर चाची, रवि और मैंने उन्हें उठाया तो उठना तो दूर, उनसे हिला तक नहीं गया। मैं हैरान! अभी कुछ देर पहले ही जो अम्मा पूरे दमखम के साथ बाबू के पैर दबा रही थीं, उनसे अब हिला तक नहीं जा रहा था। गए तो बाबू थे पर लगा, जैसे जान अम्मा की निकल गई हो!

घर लाकर उन्हें बाबू के कमरे में ही बिठा दिया। वे ज़मीन पर दीवार के सहारे पीठ टिकाकर बैठ गईं—बिलकुल बेजान-सी। बाकी सब लोग बाहर चले गए। बस, मैं उनके साथ बैठी रही, यह तय करके कि अब मैं यहाँ से हिलूँगी तक नहीं।

बाहर इस अवसर पर होनेवाली गतिविधियाँ अपने ढंग से चलती रहीं। बड़े भैया दस बजे की फ्लाइट से आए और एयरपोर्ट से ही सीधे नर्सिंग-होम चले गए। दोनों चाचियाँ घर की व्यवस्था करने में लगी रहीं। साढ़े ग्यारह बजे के क़रीब दोनों चाचा भैया और रवि बाबू के शव के साथ घर आए, जहाँ परिवार के लोग पहले से ही इकट्ठा हो गए थे। शव देखकर

एक बार ज़रूर सब फूट पड़े। फिर शुरू हुए यहाँ होनेवाले रस्म-रिवाज़। पंडितजी जाने कौन-कौन से श्लोक बोलते-पढ़ते रहे और साथ ही साथ कुछ करते भी रहे। फिर बाबू के पैर छूने का सिलसिला शुरू हुआ तो सबसे पहले अम्मा। दोनों चाची और मैं किसी तरह पकड़कर अम्माँ को बाहर लाए। हाथ जोड़कर अम्मा ने बाबू के पैरों में जो सिर टिकाया तो फिर उनसे उठा ही न गया। हमीं लोगों ने किसी तरह उन्हें उनको वापस कमरे में ला बिठाया और मैं पैर छूने की रस्म के लिए बाहर निकल गई।

लौटी तो देखा, अम्मा उसी तरह दीवार से पीठ टिकाए बैठी हैं और उनकी आँखों से आँसू टपक रहे हैं। अम्मा की बग़ल में बैठकर उनकी पीठ सहलाते हुए मैं सोचने लगी, 'कैसी विडम्बना है! आज अम्मा जिन बाबू के लिए रो रही हैं, कैसी ज़िन्दगी जियी है अम्मा ने उनके साथ! बाबू की हर ज़रूरत...उनकी छोटी से छोटी इच्छा को भी पूरा करने के लिए सदैव तत्पर...' ज़रा-सी चूक होने पर उनके क्रोध के भय से थरथर काँपती अम्मा के जाने कितने दृश्य मेरी आँखों के आगे से गुज़र गए और मैं रो पड़ी।

पर इस समय यह रोना बाबू के लिए नहीं, अम्मा के लिए था। मेरा मन हो रहा था कि अम्मा किसी तरह थोड़ी देर सो लें पर अम्मा तो लेटने तक को तैयार नहीं थीं।

शाम पाँच बजे के क़रीब सब लोग लौटे, नहाना-धोना हुआ और तब बड़े भैया अम्मा के पास आकर बैठे। सबसे पहले

उन्होंने हाथ जोड़कर ऐसी शान्त मृत्यु के लिए ईश्वर को धन्यवाद दिया, फिर अम्मा की पीठ सहलाते हुए आश्वासन में लिपटे सान्त्वना के कुछ शब्द बिखेरे। फिर हिम्मत और धीरज रखने के आदेश देते रहे वे। और भी जाने क्या कुछ बोलते रहे पर अम्मा बिलकुल चुप। उनसे तो जैसे अब न रोया जा रहा है, न कुछ बोला जा रहा है।

देर शाम की गाड़ी से दीदी आईं और ज़ोर-ज़ोर से रोते हुए ही अम्मा के कमरे में घुसीं, ''हाय अम्मा, मैं तो बाबू के दर्शन भी नहीं कर सकी...अरे मुझे पहले किसी ने ख़बर की होती तो जल्दी आती...अरे बाबू...हाय अम्मा...''

मैंने ही उन्हें चुप कराकर जैसे-तैसे कमरे से बाहर भेजा। मैं नहीं चाहती थी कि अब कोई भी अम्मा के पास आए... वे किसी भी तरह थोड़ा सो लें, पर यह सम्भव ही नहीं हो पा रहा था।

रात में सारे दिन के भूखे लोगों ने डटकर खिचड़ी खाई। मैं जल्दी से अम्मा की प्लेट लगाकार लाई और बराबर मनुहार करती रही कि अम्मा, कुछ तो खा लो...कल सारे दिन भी तुमने कुछ नहीं खाया था, पर अम्मा न कुछ बोलीं, न खाया। मेरे बार-बार आग्रह करने पर उन्होंने बस किसी तरह हिम्मत करके मेरे आगे हाथ जोड़ दिये। उनके इस नकार के आगे तो फिर मुझसे न कुछ कहते बना, न खाते!

दूसरे दिन सवेरे दस बजे के क़रीब मातमपुर्सी का सिलसिला शुरू हुआ। पुरुष लोग बाहर बैठ रहे थे तो स्त्रियाँ

भीतर के कमरे में। सारी औरतें एक तरफ और दूसरी ओर घूँघट काढ़े, घुटनों में सिर टिकाए अकेली अम्मा। औरतों में शुरू में थोड़ा रोना-गाना चलता रहा और फिर इधर-उधर की बातें। कोई बाबू की लम्बी बीमारी की बात करता तो कोई उनकी हिम्मत की, तो कोई उनके धीरज की।

नौकर के इशारे पर मैं आनेवालों के लिए पानी की व्यवस्था करने रसोई में चली गई। पानी की ट्रे लेकर बाहर गई तो हर आनेवाला परिवारवालों को सान्त्वना देते हुए जैसे यही कहता, 'अरे भाई, यह उनकी मृत्यु नहीं, समझो, उनकी मुक्ति हुई। बड़े भागवान थे जो ऐसी जानलेवा बीमारी के बाद भी ऐसी शान्ति से चले गए।'

'यह तो उनके पुण्य का प्रताप ही था कि ऐसे शुभ मुहूर्त में प्राण त्यागे। कितनों को मिलती है ऐसी मौत?'

'...तुम्हें सन्तोष करना चाहिए कि न कोई तकलीफ़ पाई, न दर्द झेला। बस, इस जी के जंजाल से मुक्त हो गए। हे परमात्मा, उनकी आत्मा को शान्ति देना...'

खाली गिलासों का ट्रे लेकर मैं फिर रसोई में आई तो बाहर से हड़बड़ाती हुई सी दीदी आईं।

''छोटी, अम्मा? वहाँ बैठी-बैठी सो रही हैं! ये तो ग़नीमत थी कि मैं उनके थोड़ा पास ही बैठी थी सो मैंने उनके हल्के-हल्के खर्राटों की आवाज़ सुन ली। पता नहीं, किसी और ने भी सुना होगा तो क्या सोचा होगा? उस समय तो मैंने ज़रा पास सरककर उन्हें जगा दिया पर उनसे तो जैसे नींद के मारे बैठा भी

नहीं जा रहा है। तू चलकर बैठ उनके पास और सँभाल वरना फिर कहीं...''

''अम्मा सो रही हैं?'' मैंने तुरन्त ट्रे रखी और कमरे में आई। वहीं बैठी छोटी भाभी को इशारे से बुलाया और उनकी मदद से पास वाले कमरे में लाकर उन्हें पलंग पर सुला दिया और धीरे-धीरे उनका सिर थपकने लगी। देखते ही देखते वे सचमुच ही सो गईं—शायद एक गहरी नींद में।

थोड़ी ही देर में फिर दीदी आईं और यह दृश्य देखकर हैरान। भन्नाकर बोलीं, ''ये क्या, तूने तो इन्हें यहाँ लाकर सुला दिया और ये सो भी गईं? हद है भाई! बाहर तो औरतें इनके मातम में शिरकत करने आई हैं, और ये यहाँ मजे से सो रही हैं! कल बाबू गुजरे और आज ये ऐसी...''

''दीदी!'' मैंने उन्हें वाक्य भी पूरा नहीं करने दिया, ''आप नहीं जानतीं, पर मैं जानती हूँ...देखा है मैंने कि इन आठ महीनों में कितने बिन खाए दिन और अनसोई रातें गुजारी हैं अम्मा ने! आप तो ख़ैर लखनऊ में बैठी थीं, पर जो यहाँ रहते थे, जिन्होंने देखा है यह सब, उन्होंने भी कभी ध्यान दिया अम्मा पर? और तो और, रात-दिन जिन बाबू की सेवा में लगी रहती थीं, उन्होंने भी कभी सोचा कि वे आख़िर कभी थकती भी होंगी?...नहीं। बस, ज़रा-सी चूक होने पर कितने गुस्साते थे अम्मा पर कि वे थरथरा जाती थीं। दीदी, समझ लीजिए आप कि इन आठ महीनों में पूरी तरह निचुड़ गई हैं अम्मा! आज न उनमें बैठने की हिम्मत है, न रोने की! परिवार की सारी औरतें

तो बैठी ही हैं बाहर...आप भी जाकर वहीं बैठिए। कह दीजिए उनसे कि अम्मा की तबीयत खराब हो गई है, वे बैठने की हालत में नहीं हैं।''

मेरी बात, मेरे तेवर देखने के बाद दीदी से फिर कुछ कहते तो नहीं बना, बस, इतना ही कहा, ''हम तो बैठ ही जाएँगे, पर...'' और वे निकल गईं।

मैंने उठकर दरवाज़ा बन्द कर दिया और दूसरी ओर की खिड़की खोल दी जो बाहर की ओर खुलती थी। खिड़की खोलते ही बाहर से आवाज़ आई, ''यह दुख की नहीं, तसल्ली की बात है बेटा...याद नहीं, डॉक्टर साहब ने क्या कहा था? भगवान ने आख़िर इन्हें समय से मुक्त कर ही दिया...''

मैंने घूमकर अम्मा की ओर देखा कि इन आवाज़ों से कहीं वे जग न जाएँ...पर नहीं, वे उतनी ही गहरी नींद में सो रही थीं—एकदम निश्चिन्त!

तब और अब

बेहद खरामा-खरामा चाल से चलते हुए उस गाँव ने भी आख़िर कस्बे की दहलीज़ पर पाँव रख ही दिया। सदियों से उस गाँव में समय चलता नहीं—बस, रेंगता था। पाँच साल बाद आप जाओ तो उस समय गोदी में लटके या उँगली पकड़कर घिसटते बच्चे आज गलियों में गिल्ली-डंडा या कंचे खेलते मिलते और तब के कंचे खेलते बच्चों की मसें भीगती दिखाई देतीं। पर बस, जो भी परिवर्तन दिखाई देता, शरीर के स्तर पर ही—बाकी दिल-दिमाग़ और सोच-समझ तो जस की तस!

पर जैसे ही उस गाँव ने देहाती चोला उतारकर कस्बाई धजा धारण की, वहाँ समय रेंगने की जगह चलने लगा। गाँव में तो चाहे युवा हों या बुज़ुर्ग सबकी नज़रें और पाँव गाँव की

ज़मीन में ही गड़े रहते थे और अपने से सन्तुष्ट मन गाँव की चौहद्दी के बीच ही घूमता-टहलता रहता। पर कस्बे की हवा लगते ही युवा वर्ग के पाँव वहाँ से उखड़ने के लिए छटपटाने लगे और ललचाई नज़रें शहर पर जाकर टिक गईं। पर जाएँ तो जाएँ कैसे?

लेकिन दो-चार रईस परिवारों के बच्चे ज़रूर लोटपोट कर जैसे-तैसे शहर तो पहुँच गए पर उनके अलावा उस समय न तो शहर कस्बे को अपने में समेट रहा था और न ही फैल पसरकर खुद उसमें समा रहा था। हाँ, रईसों के ये बच्चे जब कभी गाँव का चक्कर लगाते तो ज़रूर अपने साथ थोड़ा-सा शहर भी बाँध ही लाते और उसी के बलबूते पर गाँव में अपने को किसी बादशाह से कम न समझते।

उनका रहन-सहन, बोली-बानी देख-सुनकर गाँव के युवाओं के मन में भी न जाने कितने सपने कुलबुलाने लगते! पर न साधन, न सुविधा, न जोड़-तोड़ की ऐसी कोई जुगत जो उन्हें वहाँ ले जाती।

यों कस्बा बनते ही गाँव का प्राइमरी स्कूल मिडिल स्कूल तो बन ही गया था और बिल्डिंग उसकी चाहे टूटी-फूटी ही रही हो पर कक्षाएँ तो लगती ही थीं। मास्टर लोग भी जबान की जगह छड़ी का प्रयोग ज्यादा करने के बावजूद कुछ तो पढ़ाते ही थे कि बच्चे जैसे-तैसे पास हो ही जाया करते थे...पर मिडिल पास करने के बाद रास्ते बन्द। अब करें तो क्या करें?

यह महज एक संयोग ही था कि इसी क़स्बे के एक बेहद मामूली-सी हैसियत वाले किसान रामनिझावन के बड़े बटे गोविन्दा ने जैसे ही मिडिल पास किया तो शहर से उसके मामा आ गए और प्रस्ताव रखा कि यदि जीजा चाहें और गोविन्दा राजी हो तो वे उसे शहर ले जाकर बिजली के कारखाने में नौकरी दिलवा सकते हैं। वे खुद वहाँ नौकरी ही नहीं करते बल्कि थोड़ी-बहुत पहुँच भी है उनकी उधर। एक बार सरकारी नौकरी मिल जाए तो समझो, बादशाही मिल गई।

पर बादशाही को पैर से सरकाते हुए बिफर गया रामनिझावन...''अरे अइसा जुलुम न करो महेसवा...अभी तो ई हमार हाथ बटावे लायक हुआ अउर तुम हो कि...न, न, हम नाही भेजि रहे सहर-वहर। हम खेती-बाड़ी करे वाले मजूर ठहरे...हम का करिहें सरकारी नौकरी की बादसाहत लइके?''

पर गोविन्दा! एक तो शहरी मामा का अपना चुम्बकीय आकर्षण; दूसरे, उससे बड़ा आकर्षण शहर जाकर नौकरी करने का, फिर थाली में परोसकर सामने आए इस मौके को कैसे छोड़ दे भला? छोटे भाई-बहनों के साथ मिलकर मोर्चा बनाकर अड़ गया गोविन्दा! रामनिझावन रोता-कलपता ही रह गया कि 'दो-दो बेटियों के हाथ पीले करने हैं...छोटे बेटे को भी पढ़ाना है...अब ई सारा बोझ मैं इकल्ला कइसे ढोऊँगा? अरे बड़ा बेटा ही तो सहारा हुइ है बाप का...'

पर गोविन्दा को तो जाना था सो वह चला गया। हाँ, इतना हौसला ज़रूर बँधा गया कि 'खेती में चाहे मैं तुम्हारी मदद न

कर सकूँ दद्दा, पर पैसे से तुम्हारी मदद ज़रूर करता रहूँगा। मुझे भी अपने छोटे भाई-बहनों का ख़याल है। उनके लिए जो हो सकेगा, करूँगा!'

और बात का पक्का निकला गोविन्दा। उसे अपने दद्दा की, भाई-बहनों की ज़िम्मेदारी का पूरा ख़याल था सो वह अपने खर्चे लायक पैसे रखकर तनख्वाह के सारे रुपए दद्दा के पास भेज दिया करता।

साल में दो बार जब सबसे मिलने घर आया तो सबके लिए कुछ न कुछ लेकर भी आया। अब रामनिझावन ने भी सन्तोष कर लिया कि चलो, बेटा राजी-खुशी है, अपना कमा-खा रहा है...घर में मदद भी कर रहा है और सबसे बड़ी बात कि खूब खुश है। अब बच्चों के सुख से तो बड़ा और कोई सुख होता नहीं माँ-बाप के लिए!

पर यह सुख भी ज़्यादा दिन के लिए नहीं लिखा था रामनिझावन की तक़दीर में। पूरा पहाड़ टूटकर गिर जाता तब भी शायद वह इस तरह चकनाचूर नहीं होता, जितना इस घटना ने कर दिया। कोई हारी-बीमारी की ख़बर नहीं; दुख, तकलीफ़ की सूचना नहीं; सीधे गोविन्दा की लाश लेकर ही चला आया महेसवा तो! रामनिझावन भरोसा करे तो कैसे करे कि सामने लेटा यह आदमी जिन्दा नहीं, लाश है गोविन्दा की? पूरे घर में ही नहीं बल्कि सारे कस्बे में कोहराम मच गया। देखनेवालों की भीड़ टूट पड़ी।

'क्या हो गया...कैसे हो गया...कब हो गया...किसने कर दिया...?' एक ओर देखनेवालों के प्रश्नों की बौछार, तो

दूसरी ओर रामनिझावन और उसकी पत्नी का छाती-फोड़ क्रन्दन :

"अरे महेसवा, ई कउन जनम का बैर निकाला रे हमसे...तू नौकरी दिलाने की खातिर ले गवा रहा कि जान लेवे की खातिर? तुमका जान ही लेने का रहा तो हमरी लेइ ले तो..." माथा ठोक-ठोककर वह अपने को ही कोसने लगा, "का बताई, ई तो मत मारी गई थी हमरी ही जो तुम्हारे साथ भेजे रहेन। हमार बीस बरस का जवान-जहान बेटा...हमरे बुढ़ापे की लाठी छीनि के का मिलि गवा रे..."

दुख और आरोप, असहायता, पश्चात्ताप की आँच में झुलसता रामनिझावन का प्रलाप और अपराध-बोध से ग्रस्त सारे आरोपों को चुपचाप झेलते जाने की महेश की मजबूरी। आँसुओं में डूबा, टुकड़ों-टुकड़ों में जो बता पाया महेश, उसका सार इतना ही था कि ऊपर तार पर काम कर रहा था गोविन्दा और नीचे किसी ने गलती से स्विच ऑन कर दिया। करेंट दौड़ा और तार से ही चिपककर रह गया गोविन्दा!

लेकिन रामनिझावन को कारण से कुछ लेना-देना नहीं, उसे तो बस परिणाम ने चकनाचूर करके रख दिया था।

तीन दिन बाद प्रलाप का पहला दौर जरा ठंडा पड़ा तो हिम्मत करके मलहम की पुड़िया निकाली महेश ने—इस उम्मीद से कि इसका लेप लगते ही धीरे-धीरे घाव भरने शुरू होंगे। बहुत हिम्मत करके बोला, "देखो जीजा, गोविन्दा अपनी मौत तो मरा नहीं, एक अफसर की ग़लती से मरा है सो सरकार

मुआवज़ा तो देगी ही—कम नहीं, पूरे पच्चीस हजार मिलेंगे। कोशिश तो करूँगा कि कुछ और भी मिल जाए और जल्दी से जल्दी वसूली करने में भी जान झोंक दूँगा मैं!''

''चो...प कर!'' ऐसे दहाड़ा रामनिझावन कि सब-के-सब सन्न रह गए। ''पहिले तो हमार बेटवा की जान लै ली अउर अब वहिकी कीमत चुकावा चाहत? अरे बाप हूँ गोविन्दा को, कौनो कसाई नाहीं जो अपना बेटवा की मौत की कीमताँ वसूलूँगो। ई सब कमीनी बातें न कर हमरे सामने...तू दूर हुइ जा हमरी आँखन के आगे से!'' और वह फिर फूट-फूटकर रोने लगा।

महेश ने जिस बात को मलहम समझकर उसके सामने रखा था, वह तो नश्वर साबित हुई, जिसके लगते ही घाव फिर रिसने लगा और आँखों से आँसू की जगह खून-मवाद के रेले बह चले। रोती-कलपती पत्नी अपने भाई को भीतर ले गई और तसल्ली देकर वहीं से बिदा भी कर दिया।

महेश अपमानित और आहत चाहे जितना हुआ हो, पर जीजा के प्रति अपनी ज़िम्मेदारी नहीं भूला। तीन महीने की भाग-दौड़ के बाद वह मुआवजे के पच्चीस हजार रुपए लेकर जीजा के यहाँ पहुँचा। पर हिम्मत नहीं हुई पहले रामनिझावन के पास जाने की। सो सीधे सरपंच के पास पहुँचा और सारी बात समझाई कि जीजा की माली हालत जैसी है, उसमें कितनी मदद मिलेगी इन रुपयों से।

''दोनों बेटियों के ब्याह निपट जाएँगे, छोटा बेटा पढ़ जाएगा, और भी छोटी-मोटी जरूरतें पूरी होंगी। इतना रुपया

तो न जाने कितने साल नौकरी करके भी नहीं भेज सकता था गोविन्दा। जीजा का दुख समझता हूँ पर दुख अपनी जगह और जरूरतें अपनी जगह। गोविन्दा तो अब आ नहीं सकता पर इन रुपयों से बहुत-सी परेशानियाँ तो दूर की ही जा सकती हैं। पहले आप जाकर आगा-पीछा सब समझा दीजिए, जब मान जाएँगे तो मैं जाकर उनके रुपए उन्हें थमा दूँगा।''

वैसे तो सरपंच अपने यहाँ भी बुला सकता था रामनिझावन को, पर मौके की नज़ाकत देखकर अपने साथ और दो-चार बुज़ुर्गों को लेकर वह खुद ही पहुँचा रामनिझावन के घर। ठेठ दुनियादारी की बातों में लपेटकर उसे सारी ऊँच-नीच समझाई, आगा-पीछा सुझाया। उसकी माली हालत का, ज़िम्मेदारियों का हवाला देकर सरपंच ने जब वह प्रस्ताव रखा उसके सामने तो उसकी झुकी हुई गरदन और झुक गई और हाथ जोड़कर वह इतना ही कह पाया, ''हमौ गरीबै सही माई-बाप, पर बाप हौं गोविन्दा को...अब कसाई न बनाओ!'' और उसकी बाकी बात आँसुओं में ही डूब गई। उसके बाद तो बिना बोले आँसुओं से ही वह सरपंच के सारे तर्क काटता रहा।

सरपंच और बुज़ुर्गों का सारा समझाना-बुझाना बेकार। मुआवजे के रुपए लेने के लिए रामनिझावन नहीं माना तो नहीं ही माना। हाँ, इर्द-गिर्द घिर आए तीनों बच्चों के मन में ज़रूर इच्छाएँ, कुछ सपने कुलबुलाने लगे थे, पर बाप के हिचकियों में बदलते रोने के आगे वे भी चुप ही रहे।

आख़िर तीन दिनों तक बुज़ुर्गों में ही सलाह-मशवरा चलता रहा और फिर पानी की किल्लत को ध्यान में रखकर यह प्रस्ताव रखा गया कि इन रुपयों से गाँव में गोविन्दा के नाम से एक प्याऊ खुलवा दी जाए। हर प्यासा राहगीर पानी पीकर सच्चे मन से जो दुआएँ देगा, वह सीधे गोविन्दा की आत्मा को ही सहलाएँगी।

रामनिझावन ने जब इस प्रस्ताव की बात सुनी तो गद्‌गद हो गया, 'मेरे बेटे के नाम की प्याऊ...प्यासे लोग पानी पिएँगे और मेरे बेटे को दुआएँ देंगे...इससे बड़ा पुण्य और क्या हो सकता है मेरे बेटे के लिए? बाप होकर भी इत्ता पुण्य कमा सकता था क्या मैं अपने बेटे के लिए? देखते-ही-देखते प्याऊ बन गई और गोविन्दा के नाम का बोर्ड भी लग गया उस पर!

पहले दिन तो रामनिझावन ने खुद बैठकर सबको पानी पिलाया और उसे लगा, जैसे उसका दुख सबके सुख में बदल गया! फिर तो खेत से आते-जाते कुछ देर खड़े रहकर उसी को निहारता। गोविन्दा के नाम का बोर्ड देखकर पानी पीने वालों से ज्यादा उसका अपना मन जुड़ा जाता। सरपंच कभी मिलते तो कहते कि 'देख रे रामनिझावन! कित्ते प्यासौ की दुआएँ मिल रही हैं तेरे गोविन्दा को,' तो वह गद्‌गद भाव से सिर झुका लेता।

पता नहीं, पानी पीनेवालों की दुआएँ गोविन्दा तक पहुँचीं या नहीं, पर रामनिझावन के परिवार तक तो ज़रूर ही पहुँचती रहीं। तभी तो इन पच्चीस सालों में उसकी दोनों बेटियाँ अच्छे

घरों में ब्याह कर आज अपने फलते-फूलते परिवार के साथ प्रसन्न हैं। उसका छोटा बेटा गोपाल भी दो बच्चों का बाप है। जो रामनिझावन अपने बच्चों को दूध-दही खिलाने के लिए कभी एक भैंस नहीं खरीद सका, उसने अपने पोतों के लिए एक भैंस भी खरीद ली। अपने घर के एक हिस्से को पक्का करवा दिया, जिससे गोपाल का परिवार आराम से रह सके। उसे तो अपने कच्चे घर में ही रहने की आदत, सो वह तो उसी में आराम से रहता। इससे ज्यादा सुख की तो वह अपने लिए कल्पना ही नहीं कर सकता था और यह सब वह उस पुण्य का प्रताप ही समझ रहा था, जो पानी पिलाकर उसके खाते में जमा हो रहा था।

अब इन पच्चीस सालों में उस कस्बे का क्या हाल हुआ, वह भी देखिए! शहर और कस्बे के बीच बस क्या चलने लगी कि उसमें लदकर सवारियों के साथ टुकड़ों-टुकड़ों में शहर भी कस्बे में आने लगा। कस्बे के हाट-बाजार शहरी सामानों से भरने लगे तो वहाँ के लोगों के मन उन्हें पाने की उमंग भरी ललक से। किशोरों और युवाओं ने अपनी टाँगों से पाजामे उतारकर जीन्स चढ़ा लीं और उनकी कलाइयों में घड़ियाँ चमचमाने लगीं। धूप होने पर वे भी काले चश्मे पहनकर घूमते। लड़कियाँ भी होंठों पर गहरे रंग की लिपस्टिक पोते, माथे पर चमकीली बिन्दिया चिपकाए...रंग-बिरंगे कपड़ों में अपने को

'मिस इंडिया' से कम नहीं समझतीं। जैसे-जैसे बाजार नये-नये सामानों से भरता जाता, उन्हें खरीदने के लिए पैसे की जरूरत बढ़ती जाती। और सामान, और पैसा...और सामान, और ज्यादा पैसा।

दस साल की उम्र से रामनिझावन के साथ खेती-बाड़ी करनेवाले उसके छोटे बेटे गोपाल के मन में भी शहर कब और कैसे फैल-पसर गया, रामनिझावन को इसका पता ही नहीं लगा। लगता भी कैसे? अंटी में सन्तोष-धन की पूँजी बाँधे उसकी दुनिया तो आज भी खेत और घर तक ही सिमटी हुई थी। पर गोपाल को अब सन्तोष-धन नहीं, असली धन चाहिए था और इसलिए उसने धीरे-धीरे खेती का काम बाप के कन्धों पर डाल शहर के चक्कर लगाने शुरू किए। जब-जब वह शहर जाए, वहाँ की चकाचौंध उसके मन में नित-नई हवस जगाए। पर वह हवस पूरी हो तो कैसे? बिना पढ़ाई के अच्छी नौकरी मिलने से रही। रहा कोई धन्धा—सो उसके लिए पैसा चाहिए। जिस भी धन्धे की बात सोचता—बात पैसों पर आकर अटक जाती। हर असफलता से हताशा जनमती और हताशा से जनमता गुस्सा और गुस्सा जाकर टिकता रामनिझावन पर।

और एक दिन आख़िर वह खम ठोककर बाप के सामने खड़ा हो ही गया।

"दद्दा, मुझे तो न पढ़ाया, न लिखाया। बैलों की पूँछ मरोड़ते-मरोड़ते आधी जिन्दगी तो बर्बाद हो गई मेरी, पर अब बची जिन्दगी में मैं कुछ बनना चाहता हूँ...पैसा कमाना चाहता

हूँ तो समझ लो कि अब नहीं करनी मुझे तुम्हारी यह खेती-बाड़ी!'' और बड़ी हिक़ारत से उसने अपना मुँह झटक दिया।

रामनिझावन ने जो सुना, जो देखा, तो अवाक्!

''कइसी बात करे रे बेटा तू? अरे ई तो हमार पुश्तैनी धन्धा है। ई नाहीं करिहें तो का करिहें?''

''क्या रखा है इस पुश्तैनी धन्धे में? हाड़-तोड़ मेहनत करो तो दो जून की रोटी मिल जाए, बस! जिस साल आसमान से पानी न बरसे तो बैठे-बैठे आँखों से पानी बहाते रहो। कोई धन्धा है स्साला यह भी?''

दो साल से गोपाल के बदले मिजाज तो देख रहा था रामनिझावन और उसने खेती का ज्यादा काम अपने कन्धों पर ले भी लिया था, पर बात इतनी बढ़ गई है, यह नहीं समझ पाया था। उसका सुर और तेवर देखकर बड़े ठंडे मन से उसने कहा :

''तोर मन नहीं लागत अब खेती मा तो तू कौनो अउर काम देख ले आपने मन का! साठ का भवा तो का भवा...अबहुँ हाड़-गोड़ में इत्ता ज़ोर तो हइहे कि अकेले ही आपन खेती कर सकत हूँ।''

''हाँ, अब तुम्हीं करो अपनी खेती, मैंने तो अपने लिए दूसरा काम देख भी लिया है। अब दिखाता हूँ कि कैसे किया जाता है काम और कैसे कमाया जाता है पैसा। पर मुझे अपने काम के लिए पचास हज़ार रुपए चाहिए और ये रुपए तुम्हें देने होंगे।''

सुना तो रामनिझावन तो जैसे आसमान से गिर पड़ा। उसे अपने कानों पर विश्वास ही नहीं हो रहा था—ये क्या कह रहा

है गोपाल ? इत्ते रुपए तो उसने अपनी ज़िन्दगी में कभी देखे ही नहीं, इसे कहाँ से लाकर दे ? गुमसुम-सा वह गोपाल का मुँह ही देखता रहा।

''मेरा मुँह क्या ताक रहे हो...सुना नहीं क्या कि मुझे रुपए चाहिए पचास हजार ? तय कर लिया है मैंने, मुझे बीच बाजार में दुकान खोलनी है एक। शहर के एक-दो लोगों से बात भी कर ली है। वे तीन महीने की उधारी पर सामान देने को तैयार हैं—पर बेचने के लिए दुकान तो चाहिए। आज बड़े बाजार में एक छोटी-सी दुकान भी खरीदो तो पचास हजार से कम में नहीं मिलेगी।''

''गोपाल!'' रामनिझावन कुछ ऐसे बोला, मानो विश्वास करना चाह रहा हो कि सामने बैठा यह आदमी उसी का बेटा है। फिर धीरे से बोला :

''बेटा, पाँच-सात बरस से पइसा-कौड़ी का हिसाब तोहार हाथन में ही तो रहा। अनाज तू बेचत रहा...खाद-बीज तू खरीदत रहा...अउर घरौ तू ही तो चलावत रहा। अइसे में हमरे पास पइसा कहाँ... ?''

''जानता हूँ...जानता हूँ! तुम्हारे पास पचास रुपए क्या, पचास पैसे भी नहीं मिलेंगे और हिसाब-किताब रखने से क्या होता है ? इस बित्ते भर की खेती से तो पेट भर लेते थे, सो ही बड़ी बात। कोई काम है यह भी! पर मुझे तो पैसा चाहिए ही चाहिए—बस, कह दिया मैंने!'

क्षण भर को दोनों चुप और फिर गोपाल ने अपना निर्णय सुना दिया, ''रुपए नहीं हैं तो बस, फिर एक ही उपाय है। बीच

बाजार में बनी उस प्याऊ को हटाकर मैं दुकान खोल लेता हूँ उस जगह। दुकान के लिए इससे अच्छी जगह तो और कोई हो ही नहीं सकती।''

''गोपाल!'' अपनी सारी ताक़त लगाकर चीख पड़ा रामनिझावन। ''ई प्याऊ नाही रे! ई तो निसानी है हमार बेटवा की...हमार गोविन्दा की...तोहार बड़ा भाइयो तो रहा ऊ...अउर तू है कि...'' और आवाज़ भरभराकर टूट गई उसकी।

''अरे जब था, तब था बड़ा भाई! अब तो पच्चीस बरस हो गए उसे मरे-खपे। अब क्या सारी जिन्दगी उसे छाती से चिपकाए ही बैठा रहूँ?''

''ई का कहत है रे तू...अइसी बात न बोल...न...''

बात बीच में ही काटकर गोपाल बोला, ''तुम्हारा बस चले तो तुम तो उस मरे बेटे के लिए अपने इस जिन्दा बेटे को मार दो।''

दोनों हाथों से बरजता हुआ—अँसुवाई आँखों से गिड़गिड़ाते हुए रामनिझावन ऐसे बोला, मानो याचना कर रहा हो, ''न बोल अइसी बात—न बोल रे अइसी बात! आज तू ही तो हमार सब कछु है...तू अउर तोर बेटवा ही तो जिनगी है हमार...ई तू काहे समझत नाहीं रे?''

''अच्छा, जिन्दगी हूँ तुम्हारी तो बस, प्याऊ सुपुर्द कर दो मेरे।''

रामनिझावन बोले तो क्या बोले? उस बेचारे से तो न बोलते बने, न प्याऊ देते बने! हाथ जोड़कर किसी तरह इतना

ही कह पाया, ''बेटा, ई प्याऊ न तोहरी कमाई से बनी, न हमरी कमाई से। ई तो गोविन्दा की मौत की कमाई से बनी। तू ही सोच, ई पर कइसे हक जमा सकित हैं हम?''

इस बार भन्ना गया गोपाल। सोच रहा था कि उसकी बात, उसकी जरूरत सुन-समझकर राजी हो जाएगा दद्दा, पर ये तो उस मरे बेटे को ही छाती से चिपकाए बैठा है! धिक्कार-भरे स्वर में बोला, ''अरे बरसों हो गए उसकी मौत को और मौत की कमाई को! आज तो वह सब किसी को याद भी नहीं होगा। आज तो हमीं मालिक हैं उस प्याऊ के। हम जो चाहे करें।''

''बेटे की बात छोड़...यही समझ कि प्यासन को पानी पिलाइ के तो धरम होत है...पुन्न मिलत है। तू काहे...''

बात बीच में ही काटकर बड़े व्यंग्य से बोला गोपाल, ''धरम-पुन्न ये सब रईसों के चोंचले हैं—मुझे नहीं चाहिए तुम्हारा ये धरम-पुन्न। मुझे तो अपनी दुकान के लिए बस, प्याऊ चाहिए।''

''आपन खातिर जिन्दा तो सबै रहत हैं बेटा, पर मानुस जनम लेकर दूसरन की खातिर भी कछु करैका चाही के ना?''

''अपना ठौर-ठिकाना नहीं और दूसरों की खातिर करने चले हैं! बहुत कर लिया दूसरों के लिए...अब तो जो कुछ करना है, मुझे अपने लिए करना है। सोचा था, मेरी जरूरत समझकर तुम खुशी-खुशी दे दोगे प्याऊ। पर तुम नहीं देनेवाले तो इतना समझ लो कि लेना मुझे भी आता है। देखता हूँ, कौन

रोकता है मुझे?" और गुस्से से दनदनाता हुआ गोपाल बाहर निकल गया।

रामनिझावन को जैसा सदमा गोविन्दा की लाश को देखकर लगा था, वैसा ही सदमा गोपाल की बातें सुनकर लगा। उसे तो बिजली के तार ने मार दिया था, पर इसे? उसकी चुनौती से सिहरकर बेहद लाचार, बेबस रामनिझावन ने घुटनों में सिर छिपा लिया।

बाहर निकलकर गोपाल सीधा अपने उन दो दोस्तों के पास गया जिन्होंने कमीशन पर उधारी में सामान दिलवाने का जुगाड़ कर रखा था। वे उसी का इन्तजार कर रहे थे।

उसे देखते ही पूछा, "क्या हुआ, मिल जाएगी प्याऊ?"

ग़ुस्से से भन्नाए हुए गोपाल ने गरदन झटककर कहा, "बहुत कहा, समझाया, अपनी ज़रूरत बताई, पर मानता ही नहीं बुढ़ऊ। बैठा रहने दो उसे अपने मरे बेटे और धरम-पुन्न को छाती से चिपकाए-चिपकाए। चलो मेरे साथ, मैं ठिकाने लगाता हूँ प्याऊ को। क्या कर लेगा वह मेरा?"

और अपने दोनों दोस्तों के साथ वह एक दृढ़ संकल्प के साथ प्याऊ की ओर बढ़ गया।

विडम्बना

छुट्टी का दिन!

रमा ने आज निपटानेवाले कामों की एक लम्बी सूची तैयार कर रखी थी पर संयोग देखिए कि काम करनेवाली ताराबाई भी छुट्टी मार गई। गुस्सा तो आना ही था रमा को, सो आया भी, पर उसकी अनुपस्थिति में वह गुस्सा बेगुनाह पति महेश की ओर मुड़ गया! भन्नाते हुए रमा ने फेंटा कसा और झाड़ू सँभाली। अब इधर झाड़ू चल रही थी और उधर जबान :

"तुम कभी कोई चीज़ सँभालकर रख ही नहीं सकते...कमरा तो देखो अपना, कबाड़ी बाज़ार बना रखा है...वक्त जरूरत पड़ने पर भी मजाल है कि जो तुमसे कभी धेले भर मदद भी मिल जाए! तुम्हारा बस चले तो...तुम तो... तुम्हारा तो..."

आरोपों की इस अनवरत बौछार पर ब्रेक लगाया पप्पू ने :

''ममी, हमारी हिन्दी टीचर ने कहा है कि दस-बारह पंक्तियों में लिखकर लाओ कि भूमंडलीकरण से तुम क्या समझते हो? वे सबसे सुनेंगी भी।''

''अब इसका होमवर्क तो करवा दो कम-से-कम...या वह भी...''

कोई और मौका होता तो महेश ज़रूर टाल जाता। ऐसे कामों के लिए तो तुरुप का पत्ता हमेशा उसके हाथ में रहता ही था, 'अरे बेटा, ममी जितनी अच्छी तरह समझा सकती है, मैं वैसे कहाँ समझा सकता हूँ? अब ममी का तो काम ही पढ़ाने का है और मैं ठहरा...' पर इस समय रमा के गुस्से से बचने के लिए आए इस अवसर का उसने बड़ी गर्मजोशी से स्वागत किया :

'आओ बेटे, आओ! हम समझाते हैं तुम्हें! अच्छा, पहले तो यह बताओ कि भूमंडलीकरण का नाम तुमने कभी सुना भी है या नहीं?''

''हाँ, नाम तो सुना है, पर और कुछ नहीं जानते हैं इसके बारे में। आप बताइए, पर पापा, खूब सरल भाषा में, जिससे हम समझ भी सकें और फिर याद भी कर सकें!''

कोई और अवसर होता तो वह पप्पू की इस रटने की आदत पर एक लेक्चर ज़रूर झाड़ता, पर इस समय, ''हाँ-हाँ बेटे, ऐसे ही समझाएँगे।''

कहने को तो कह दिया पर पप्पू की भाषा और समझ की सीमा ने संकट तो खड़ा कर ही दिया महेश के सामने। पर इस समय तो वह जैसे हर संकट झेलने को तैयार बैठा था। उसने दो मिनट सोचा और चालू हो गया, ''भूमंडलीकरण यानी देश की सीमाओं का टूटना...सरहदों का टूटना...एक देश और दूसरे देश की दूरियों का खत्म होना...''

''दूरियाँ कैसे खत्म हो सकती हैं पापा? देश क्या अपनी जगह बदलकर पास आ जाएँगे?''

''नहीं बेटे, लेकिन दूरियाँ केवल भौगोलिक ही तो नहीं होती हैं न! अच्छा, इसे यों समझो कि आज से कुछ सालों पहले हम दूसरे देशों के बारे में और दूसरे देश हमारे बारे में कितना-कितना कम जानते थे और आज इतना कुछ जानने लगे हैं मानो वह कोई दूसरा देश नहीं बल्कि बगल में रहनेवाला हमारा कोई पड़ोसी ही हो! अरे इंटरनेट पर ही सब कुछ जान लो!''

''हाँ, जानते तो हैं।''

''अब जब सीमाएँ टूटेंगी...दूरियाँ खत्म होंगी तो सब देश एक-दूसरे के निकट आएँगे...जुड़ेंगे एक दूसरे से...घुलेंगे-मिलेंगे भी आपस में, तो देशों में आदान-प्रदान भी होगा। आज दूसरे देशों का सामान हमारे बाज़ारों में भरा पड़ा है तो हमारा सामान दूसरे देशों के बाजारों में यानी आपस में धड़ल्ले से व्यापार हो रहा है। और देखो बेटा, जब सामान आता है तो उसके साथ वहाँ की कला-संस्कृति, बोली-बानी, भाषा-पहनावा

भी चला ही आता है। अब हमारे यहाँ के 'वन्दे मातरम' तक को ए.के. रहमान किस तरह गाता है और तुम लोग झूमते हो उसे सुनकर।"

"या ऽऽ!" अभी तक कुछ-कुछ नासमझी का भाव-पुते पप्पू के चेहरे पर एकाएक चमक आ गई, "बहुत अच्छा गाता है वह!"

"यानी कि भूमंडलीकरण ने सारे देशों के अलगाव खतम करके उन्हें एक-दूसरे से जोड़ दिया है...यों समझो कि सारी दुनिया को एक विश्वग्राम में बदल दिया है! बोलो, आया कुछ समझ में?"

"हाँ, आया तो, पर अब आप इन सारी बातों को कोई बारह-पन्द्रह पंक्तियों में इस तरह लिखवा दीजिए कि हम याद भी कर सकें!"

रसोई में बर्तनों के भड़भड़ाने की आवाज़ सुनकर महेश समझ गया कि रमा का गुस्सा उस पर से सरककर अब बरतनों पर उतर रहा है।

क़रीब एक बजे खाना बनाकर, नल की मोटी धार के नीचे अपना सारा गुस्सा बहाकर रमा लौटी तो महेश अपने ऑफिस की फ़ाइलों में डूबा हुआ था।

"लाइए, अख़बार दीजिए। मैंने तो सवेरे से अख़बार तक नहीं देखा आज।"

महेश ने चुपचाप दोनों अख़बार पकड़ा दिये।

रमा ने अख़बार खोला ही था कि अचानक ताराबाई प्रकट हो गई! देखते ही रमा को गुस्सा तो इतना आया कि...पर उसने अपने को भरसक काबू में रखा क्योंकि एक तो ताराबाई उसकी माँ की उम्र की...दूसरे, बेहद ईमानदार, समय की पाबन्द और सुघड़-सलीके वाली होने के कारण उसकी माँग हर जगह रहती थी। इसलिए रमा ने अपने गुस्से को ललाट की तीन सलवटों में सिकोड़कर संयम स्वर में इतना ही कहा :

"अब क्या करने आई हो ताराबाई? झाड़ू-पोंछा, बरतन, खाना—सब तो कर लिया मैंने। और देखो, जब भी इस तरह तड़ी मारना हो तो कम-से-कम ख़बर तो कर दिया करो।" न चाहते हुए भी यह वाक्य फिसल ही गया उसके मुँह से।

अब सन्न ताराबाई के ललाट पर पड़े, "तड़ी...ख़बर! कैसी बात करो हो बहूजी? अरे, किसी के घर मरण-मौत पर घड़ी-दो घड़ी सहारा देने को, खड़े हो जाने को तड़ी मारना कहो हो आप? और ये तो मैं जानूँ कि पड़ोसियों के घर आप लोग कभी आओ-जाओ तो नहीं, पर इत्ती ख़बर तो लग ही गई होगी कि कपूर साहब गुज़र गए। उनके घर का चौका-बरतन करके ही तो आपके घर आऊँ, सो मैंने सोची कि आप समझ ही लोगे।"

"कौन कपूर साहब?"

महेश ने पूछा तो बिफर गई ताराबाई, "हद्द करौ हो साहबजी आप भी...पड़ोसी हैं आपके और आप मुझसे पूछ रहे हो कि कौन हैं कपूर साहब?"

"पड़ोसी? पर हमारे बग़लवाले फ्लैट में तो मिश्राजी रहते हैं और सामनेवाले में गुप्ताजी!"

"अरे दो फ्लैट छोड़ के जो रहे, वो पड़ोसी नहीं होवे क्या? चार दिन से बेचारे अस्पताल में पड़े थे! माँ-बेटी दोनों एक पैर पर नाच रही थीं...रात को गुज़र गए। वे दोनों ही सवेरे घर लाई होंगी माटी को। सवेरे मैं गई तो वहाँ चार-पाँच लोग कपूर साहब के ऑफिस के खड़े थे...दो-तीन लोग बेटी के ऑफिस के। हाँ, चार-पाँच लोग ज़रूर आमने-सामने के फ्लैट के खड़े थे! मैं सोची कि चलो, माटी के साथ जाने को दस-बारह लोग तो हुए, पर जैसे ही माटी को गाड़ी में चढ़ाया, पड़ोसी तो अपने-अपने घरों में धँस लिये। घर का तो कोई था नहीं। एक बेटा, सो अमरीका में रहे...खबर की तो बोला कि दस दिन पहले आने का तो सवाल ही नहीं...किरिया-करम करके छुट्टी करो! अब सोचो ज़रा, घर का काम सम्हाले रहीं माँ-बेटी...माटी के साथ गई तो माँ-बेटी। ऐसे में मेरा भी तो कुछ फरज बनता था कि नईं वहाँ? ...के मैं भी सबकी तरह चौका-बरतन करके मुँह फेर लेती? नहीं कर सकूँ मैं ऐसा तो...आप चाहे रखो, चाहे छुट्टी कर दो!" और दनदनाती-सी वह रसोई में घुस गई!

महेश-रमा एक-दूसरे का चेहरा देखने लगे।

‘‘तुम जानती हो इस कपूर फैमिली को ?’’ महेश ने पूछा।

‘‘इतना जानती हूँ कि सवेरे जो एक महिला यहाँ कुत्ता घुमाया करती थीं, वह मिसेज कपूर ही थीं। दुआ-सलाम तो कभी नहीं हुआ, हाँ, एक बार मैंने उन्हें टोका ज़रूर था कि घर के सामने कुत्ता न घुमाएँ...सब गन्दगी होती है यहाँ। सो मुँह चढ़ाकर चली गईं। इधर तो कई दिनों से कभी देखा भी नहीं था!’’

भीतर से निकलकर ताराबाई मेज साफ़ करने लगी।

कुछ सफाई-सी देते महेश ने कहा, ‘‘देखो ताराबाई, अब हमें तो कोई ख़बर तक नहीं थी...ऐसे में तुम्हीं बताओ कि हम...’’

महेश को वाक्य भी पूरा नहीं करने दिया ताराबाई ने और उलटकर बोली, ‘‘मत बोलें ऐसी बात साहब जी...खबर होती तो कौन आप लोग चले ही जाते? अरे बड़े शहर के बड़े लोग हो आप सब! अपनी इस बस्ती में ही कित्ते तो फ्लैट होंगे...एक छोटा गाँव ही समझ लो...पर कित्ते लोग जानते हैं एक-दूसरे को? साहब लोग अपने-अपने घर के दड़बों में ही तो घुसे बैठे रहें।’’ और वह फिर रसोई में घुस गई।

अपनी मजबूरी जताते हुए महेश ने कहा, ‘‘ताराबाई, कहती तो ठीक हैं पर इसमें हम क्या कर सकते हैं?...मेट्रोपॉलिटन-सिटीज़ की या वहाँ बसे इस फ्लैट-सिस्टम की ट्रेजेडी है यह तो। बचपन में हम भी अपने मोहल्ले के सब लोगों को जानते थे, पर अब...’’

"पर कहने का ढंग तो देखो ताराबाई का, 'आप सब तो अपने-अपने घर के दड़बों में ही तो घुसे बैठे रहें!' "

ढंग चाहे गलत था, पर बात शायद कहीं सही थी, सो दोनों चुप हो गए। एक अजीब-सा सन्नाटा छा गया दोनों के बीच। इस सन्नाटे को अगर कोई तोड़ रहा था तो पप्पू जो ज़ोर-ज़ोर से याद कर रहा था।

फाँस

मुक़दमा है कि खिंचता ही चला जा रहा है। तारीख पर तारीख...पेशी पर पेशी।

शेखर ने पढ़ा-सुना तो था कि कोर्ट में किस तरह मुक़दमे घिसटते चले जाते हैं पर पढ़ी-सुनी बात और भोगी बात का अन्तर पहली बार ही महसूस किया। वैसे मुक़दमा उसी ने शुरू किया था...करना लाज़मी ही नहीं, ज़रूरी भी हो गया था। उसके बेहद चर्चित उपन्यास के साथ कोई इस तरह का खिलवाड़ करे, व्यावसायिकता के नाम पर उसका ऐसा कबाड़ा करे, बर्दाश्त के बाहर था यह उसके लिए। व्यावसायिक लेखन करना तो दूर, आज तक इस दिशा में उसने सोचा तक नहीं था। इसके चलते ही वह हमेशा टी.वी. और फ़िल्मों की दुनिया से दूर ही रहा था, पर इस बार जाने कैसे क्या हुआ कि वह इसकी चपेट में आ ही गया।

बम्बई का एक फ़िल्म-निर्देशक किस तरह उसके पीछे पड़ा...कैसे-कैसे आश्वासन दिये...कैसे-कैसे सब्ज़-बाग़ दिखाए कि वह अपने उपन्यास पर फ़िल्म बनवाने के लिए राजी हो गया। हाँ, उसने यह शर्त ज़रूर रख दी कि स्क्रिप्ट वह खुद लिखेगा और फ़िल्म बिलकुल स्क्रिप्ट के अनुरूप ही बनेगी। थोड़ा-सा भी जो हेर-फेर होगा, वह उसकी अनुमति लेकर ही होगा।

उसकी हर माँग पर स्वीकृति में सिर हिलाते हुए उस निर्देशक ने कहा था, 'अरे, आप निश्चिन्त रहिए न दादा...जैसा आप बोलेगा, सब कुछ बिलकुल वैसा ही होगा। वो हिट फ़िल्म बनेगी इस थीम पर कि आप देखते ही रह जाएँगे! इधर फ़िल्म पूरी हुई नहीं कि डिस्ट्रीब्यूटर हाथों-हाथ उठा ले जाएँगे। सिल्वर-जुबली तो पक्की! मालूम मुझे कि आपका यह उपन्यास खूब चर्चा में रहा पर देखिए, फ़िल्म उससे भी ज़्यादा चर्चा में रहेगी।'

इस बार फ़िल्म-निर्देशक के साथ फ़िल्म-निर्माता भी आया था बम्बई का कोई बिल्डर। गद्‌गदाते स्वर में बोला, 'अरे साहब, आप इस फ़िल्म से खूब नाम कमाएँगे और हम खूब पैसा।'

आज शेखर को ज़रूर लगता है कि क्यों नहीं बिल्डर के इस वाक्य पर वह सावधान हुआ...सारी बात पर फिर से सोचने को मजबूर हुआ? पर नहीं, उस समय तो उसे भी जैसे फ़िल्म का नशा-सा ही चढ़ गया था। वह हिसाब लगाता, 'छः साल में

हज़ार-हज़ार प्रतियों के छः संस्करण छपे यानी छः हजार प्रतियाँ छपीं, जिन्हें पढ़ा होगा साठ हजार लोगों ने या ज्यादा से ज्यादा एक लाख लोगों ने, पर अगर फ़िल्म बनी और हिट हुई तो लाखों-लाखों दर्शक होंगे इसके! आख़िर हम लिखते किसलिए हैं? अपनी बात लोगों तक पहुँचाने के लिए ही तो लिखते हैं, फिर वह बात चाहे पुस्तक के रूप में पहुँचे, चाहे फ़िल्म के रूप में। माध्यम चाहे अलग-अलग हों, बात तो वही होगी न!'

और शेखर अपने जिस नये उपन्यास पर काम कर रहा था, उसे बीच में ही छोड़कर स्क्रिप्ट लिखने में लग गया! पूरी करके उसे निर्देशक को सौंपने से पहले, उसकी राय जानने के लिए उसने उसे पूरा पढ़कर सुनाया। सुनते ही निर्देशक बोला, 'दादा, आप तो स्क्रिप्ट भी खूब अच्छा लिखा। अब देखिए, क्या धूम मचती है हमारी फ़िल्म की।'

कोई दस महीने बाद निर्माता का फोन आया कि फ़िल्म पूरी हो गई है—बस, ज़रा-सी एडिटिंग बाकी है। वह टिकट भेज रहा है, शेखर एक बार आकर देखे तो कि क्या कमाल किया है निर्देशक ने।

पर बम्बई जाकर शेखर ने जो फ़िल्म देखी तो सिर पीट लिया। कहाँ गई उसकी स्क्रिप्ट? यह क्या किया उसके उपन्यास का? खून खौलने लगा शेखर का।

उन्होंने उसकी राय जानने के लिए जैसे ही उसकी ओर देखा, अडिग स्वर में शेखर ने कहा, 'यह फ़िल्म रिलीज नहीं होगी।'

'क्या कह रहे हैं आप? इतनी अच्छी फ़िल्म और...'

वाक्य भी पूरा नहीं करने दिया शेखर ने और एक तरह से चीख ही पड़ा, 'अपनी रचना के साथ बलात्कार से भी ज़्यादा तकलीफ़ देनेवाला यह अनाचार मैं कभी बर्दाश्त नहीं कर सकूँगा...बस, कह दिया कि यह फिल्म रिलीज़ नहीं होगी तो नहीं होगी।'

शेखर की आवाज़, उसकी मुद्रा, उसका क्रोध देखकर भन्ना गया निर्माता। उसके भी तेवर चढ़ गए। आरम्भिक दिनों का अनुरोध-भरा स्वर, एकाएक प्रतिरोध में बदल गया—पैसे की गर्मी ने जिसे और तिक्त बना दिया :

'क्या बात करते हैं साहब? जानते हैं, इन दस महीनों में अस्सी लाख रुपया खर्च हुआ है मेरा। फिल्म रिलीज नहीं होगी तो कौन भरेगा यह नुकसान? आप? उपन्यास लिखने में आपका क्या लगा होगा—ज्यादा से ज्यादा दो दस्ते कागज।'

बुरी तरह बौखला गया शेखर। अपने लेखन की ऐसी तौहीन! ऐसा अपमान तो उसने आज तक बर्दाश्त नहीं किया। समझता क्या है यह बिल्डर अपने-आपको?

उसने भी उतने ही गुस्से में जवाब दिया, 'बिल्डर महोदय, मकान बना-बनाकर पैसा ज़रूर कमाया होगा आपने, पर अकल और समझ तो बिलकुल नहीं—वह भी साहित्यिक समझ। मैं नहीं आया था आपके पास अपना उपन्यास लेकर। आप ही आकर खुशामद करते रहे थे...आपका यह निर्देशक

चक्कर लगाता रहा था मेरे पीछे। मैंने शुरू में ही कह दिया था कि व्यावसायिकता के नाम पर किसी तरह की कोई छेड़छाड़ नहीं होगी मेरे उपन्यास के साथ। इसीलिए अपना काम बीच में ही छोड़कर स्क्रिप्ट तक मैंने खुद लिखकर दी थी आपको। अनुबन्ध में साफ लिखा हुआ है यह सब। पर आप लोगों ने मेरे उपन्यास के साथ किया क्या है यह सब?'

बहस की बागडोर सँभालते हुए अब निर्देशक ने अपना तर्क प्रस्तुत किया पर बिलकुल शान्त स्वर में :

'दादा, आप तो जानते-समझते हैं, अब ये दो अलग-अलग माध्यम... सो बात रखने का ढंग भी तो अलग ही होगा न! पर आपके उपन्यास की मूल बात तो आ गई न! बल्कि हमारे बदलावों से और ज्यादा असरदार बनकर आई है। आप देखिए तो सही, हिट होकर कैसा नाम कमाती है यह फिल्म। बहुत अवार्ड मिलेंगे इस फिल्म को...देखिए तो सही आप!'

'बकवास बन्द करिए...आप लोगों को कुछ...'

बीच में ही बात काटकर निर्देशक ने उतने ही शान्त स्वर में अपनी बात आगे बढ़ाई :

'अच्छा, दादा, सत्यजीत रे तो खूब नामी-गिरामी निर्देशक हैं न? देश-विदेश में खूब नाम कमाया। उन्होंने जब प्रेमचन्द जैसे बड़े लेखक की कहानी 'शतरंज के खिलाड़ी' पर फ़िल्म बनाई तो कितना कुछ बदला...कहानी का अन्त जो कहानी की जान था, उसे तो बिलकुल ही बदल दिया। बतायां न दादा, इस माध्यम में खूब बदलना तो पड़ता ही है।'

इन लोगों से बहस करना बेकार है, यह समझकर शेखर ने अपना निर्णय सुना दिया :

'ठीक है, आप अपनी फिल्म रिलीज़ करके कमाइए खूब पैसा...बस, फिल्म का नाम बदल दीजिए और उसमें से मेरा नाम हटा दीजिए।'

इस तरह तर्क पर तर्क, बहस पर बहस चलती रही और आख़िर सारी बात का समापन करते हुए बिल्डर ने खम ठोककर घोषणा कर दी कि फिल्म इसी हालत में रिलीज होगी...आपको जो करना है, कर लीजिए।

और तब पैसे के दम पर उछल-कूद करनेवाले इस बिल्डर को उसकी औकात दिखाने के लिए शेखर को मुकदमा करना ही पड़ा।

शेखर अपने सिद्धान्तों पर अटल, पूरी तरह समर्पित एक प्रतिष्ठित और यशस्वी लेखक। साहित्यकारों के बीच सम्मानित और पाठकों के बीच प्रशंसित। उसकी कोई कहानी छपती तो पाठकों के पत्रों की झड़ी लग जाती। उपन्यास छपता तो चर्चा के केन्द्र में आ जाता।

पर कानून की तो अपनी ही दुनिया। वहाँ न इसके यश के लिए कोई जगह थी, न प्रतिष्ठा के लिए! वहाँ चाहिए तर्क और उन्हें प्रस्तुत करने का वकील का कौशल। तीन साल में आठ-नौ पेशियाँ भुगतने के बाद, इतने मजबूत केस के बावजूद जब वह लोअर कोर्ट में हार गया तो उसके पाँव तले की जमीन ही सरक गई।

पेशी पर साथ जानेवाले दोस्तों ने कहा, 'यार, क्या लचर वकील किया तुमने भी! कैसी बेजान जिरह करता था!'

किसी ने कहा, 'हो न हो, यह वकील निश्चित रूप से उनके साथ मिला हुआ था...'

'मुझे तो लगता है कि बिल्डर ने पैसा खिलाकर जीता है यह मुकदमा...अरे, आजकल कोर्ट में भी चलता है यह सब।'

तरह-तरह की बातें, तरह-तरह के अनुमान। जो भी हो, शेखर के सामने नंगी सच्चाई यह थी कि जिस बिल्डर को उसकी औकात दिखाने के लिए उसने मुकदमा किया था, आज कानून ने उसे उसकी औकात दिखा दी।

क्या करे वह अब? हार मान ले? घुटने टेक दे बिल्डर के सामने? होने दे अपने नाम और उपन्यास की मट्टी पलीद? बर्दाश्त करे व्यावसायिकता के नाम पर यों खुलेआम बिक जाने की तोहमत? नहीं, अब यह मात्र मुकदमा नहीं रह गया, उसके लिए...उसके आत्मसम्मान, उसकी प्रतिष्ठा का प्रश्न बन गया था। आज तक वह कभी सत्ता के सामने नहीं झुका...सारे खतरे मोल लेकर भी आपातकाल के दौरान वह कभी इन्दिरा गांधी के दरबार में हाजिरी बजाने नहीं गया...आज इस बिल्डर के आगे घुटने टेक दे?

नहीं, वह आगे अपील करेगा।

दोस्तों ने सलाह दी कि अब वह कोई अच्छा वकील करे जो केवल दमदार ही नहीं, कॉपीराइट-विशेषज्ञ भी हो। सभी दोस्तों ने अपनी सामर्थ्य भर मदद देने का वायदा भी

किया। दोस्तों की सलाह और सहायता के चलते बड़ा वकील किया गया।

पर बड़े वकील की बड़ी फीस, बड़े नखरे!

पहले वकील की तरह पूरे मुक़दमे की एकमुश्त रकम नहीं ली इसने। 'पर-हियरिंग' के हिसाब से भी नहीं बल्कि 'पर-अपिरियेंस' के हिसाब से फीस तय की यानी कि बहस हो न हो, कोर्ट में प्रकट होने मात्र पर ही वे पूरी फीस लेंगे—पूरे दस हजार रुपए।

शेखर ने अपने सामाजिक महत्त्व और आर्थिक स्थिति का हवाला देकर बहुत आग्रह-अनुरोध किया फीस कम करने के लिए पर वकील अपनी जगह अडिग। उसका अपना तर्क :

'मुझे याद नहीं आता कि कॉपीराइट के अन्दर इस तरह का कोई केस आया हो कभी। अपनी तरह का बिलकुल अलग केस है यह। कितनी तैयारी करनी पड़ेगी मुझे इसके लिए!'

मजबूरी में शेखर को अपनी स्वीकृति देनी पड़ी और अन्ततः सेशन कोर्ट में अपील दाखिल हो गई।

केस शुरू करने से पहले जज ने फिल्म देखी, उपन्यास भी पढ़ा तो शेखर को लगा कि हाँ, यह हुई न कुछ बात! लोअर कोर्ट में तो ऐसा कुछ हुआ ही नहीं। पता नहीं, फैसला किस आधार पर दे दिया था उस जज ने! ज़रूर खिलाने-पिलानेवाली बात का चक्कर ही रहा होगा!

केस की पहली तारीख को जो बहस हुई, उसमें वकील ने अनुबन्ध की सारी शर्तों का उल्लंघन करके बनाई गई इस फिल्म की धज्जियाँ बिखेरते हुए शेखर के पक्ष में ऐसे ठोस तर्क प्रस्तुत किए कि शेखर को पूरी उम्मीद बँध गई कि अब वह ज़रूर केस जीत जाएगा; पर उसके बाद की तीन तारीखें किसी-न-किसी कारण से बिना बहस के ही निकल गईं। मामला तो जहाँ का तहाँ अटका रहा पर वकील तो अपनी उपस्थिति मात्र के दस हजार रुपए झटकता रहा।

अब शेखर करे तो क्या करे? कर्ज है कि बढ़ता ही जा रहा है। तीन महीने से मकान का किराया तक नहीं दे पाया है वह। यह तो मकान-मालिक से सम्बन्ध अच्छे हैं इसलिए ग़म खाए बैठा है पर वह जानता है कि मामला ज्यादा खिंचा तो इस ग़म को आक्रोश में बदलते देर नहीं लगेगी।

आज से ठीक तीन महीने बाद केस की तारीख है और शेखर को अभी से चिन्ता हो रही है कि इस बार कैसे वह वकील की फीस चुकाएगा! भरसक मदद करने के बाद दोस्तों, परिचितों और परिवार वालों ने पिछली बार ही अपनी मजबूरी जाहिर कर दी थी। प्रकाशक भी पैसों की जगह अब सुझाव देते!

'अरे आप भी किस चक्कर में पड़े हैं शेखर बाबू! छोड़िए यह मुक़दमा-वुक़दमा और बैठकर अपना लिखिए! कौन नहीं जानता आपको और आपके लेखन को...बुराई का ठीकरा फूटेगा तो उस फ़िल्म वाले के सिर फूटेगा।'

दूसरा बोला :

'आप तो बस अपना वह अधूरा उपन्यास पूरा करके दीजिए। जानते तो हैं, कितना पैसा खर्च किया हमने उसके विज्ञापन पर...अब आप ही सोचिए कि पुरानी रचनाओं पर आख़िर कितना एडवान्स दिया जा सकता है? उपन्यास नहीं तो कुछ और लिखकर दीजिए पर आप तो आजकल देने के नहीं, बस लेने के चक्कर में रहते हैं।'

सारे साहित्यिक जगत में इस केस की चर्चा हो रही है। अख़बारों और पत्रिकाओं में इस पर लेख भी छपे।

सुझाव, आरोप और सद्भावना।

सब कुछ बरसाया जा रहा है शेखर पर—बस, नहीं दिया जा रहा है तो पैसा, और शेखर को इस समय सिर्फ और सिर्फ पैसा चाहिए! पर पैसे के सारे रास्ते बन्द।

कुछ सूझता ही नहीं कि कैसे इस समस्या से उबरे वह, कि पता नहीं क्यों और कैसे उसके दिमाग़ में अचानक एक घटना कौंधी। यही कोई पाँच-छह साल पहले 'लोकप्रिय प्रकाशन' का प्रकाशक आया था उसके पास, 'शेखर साहब, आपसे एक विनती करने आया हूँ आज। आप तो जानते हैं कि हम किस तरह की पेपरबैक पुस्तकें छापते हैं। मैं जानता हूँ कि आपका लेखन बहुत ऊँचे दर्जे का है पर आपकी कलम में तो जादू! कैसी धूम मची हुई है आपके नाम की! अगर आप कभी-कभी ऐसी रचनाओं पर भी कलम चला दें तो यहाँ भी कमाल कर देंगे। पैसा आपको पूरा

मिलेगा, बल्कि कहेंगे तो कुछ ज्यादा ही मिल जाएगा। बस, आप...'

'आप यहाँ आए कैसे...जानते नहीं कि...'

'जानता हूँ...जानता हूँ, पर आज तो जमाना आम आदमी का! आज तो सरकार भी आम आदमी की ही बात करती है तो लेखकों को तो और ज्यादा सोचना चाहिए आम आदमी के बारे में। सोचिए, आपकी रचनाओं को कितने पाठक पढ़ते होंगे? असली पाठक तो इन रचनाओं से मिलेंगे आपको।'

'...'

'नहीं-नहीं, अश्लील बिलकुल नहीं। मैं कुछ किताबें लाया हूँ, आप पढ़कर देख लीजिए—बस! ज़रा मनोरंजक, चटपटी...आदमी एक बार शुरू करे तो खत्म करके ही उठे। और फिर आपको परहेज है तो किसी फेक नाम से लिखिए। इन किताबों के लेखकों के नाम ही कौन असली हैं? पाँच-सात किताबें लिख गईं तो फिर वही नाम चल पड़ेगा।'

आज तो यह भी याद नहीं कि और न जाने क्या-क्या बोलता रहा था वह। याद है तो केवल इतना कि बड़ी शालीनता, पर दृढ़ता से उसने उसे घर का दरवाजा दिखा दिया था और उसकी छोड़ी हुई किताबें कहीं पटक दी थीं।

अचानक वह उठा और अपनी स्टडी के एक कोने में पड़ी बेकार-सी किताबों के बीच से उन्हें ढूँढ़ निकाला। ग़नीमत है, उसने उन्हें रद्दी में नहीं फेंक दिया था।

दस दिन में उसने उन सातों किताबों को पढ़ डाला। सचमुच अश्लील तो नहीं थीं वे, पर था क्या उनमें? शुद्ध बकवास! पर यही बकवास आज उसे पैसा तो दिलवा सकती है और आज तो उसे बस पैसा चाहिए। जैसे भी हो, जहाँ से भी हो क्योंकि हर हाल में यह मुक़दमा तो उसे लड़ना ही है।

कभी-कभी बेहद परेशानी के क्षणों में वह मुक़दमा वापस लेने की बात सोचता भी तो बिल्डर की वह भर्त्सनापूर्ण मुद्रा उसकी आँखों के आगे तैर जाती और उसके वे अपमानजनक शब्द कानों में गूँजने लगते :

'जानते हैं, फ़िल्म बनाने में अस्सी लाख रुपया लगा है मेरा—उपन्यास लिखने में आपका क्या लगा होगा—ज़्यादा से ज़्यादा दो दस्ते काग़ज़।'

और उसका रोम-रोम सुलगने लगता।

नहीं, मुक़दमा तो वह कभी वापस नहीं लेगा। व्यावसायिकता के नाम पर जिसने उसके बेहद चर्चित, उत्कृष्ट उपन्यास को पहले तो ऐसा अश्लील बना दिया और फिर किस बेशर्मी से उसकी कीमत लगा रहा था—दो दस्ते काग़ज़! कुछ तो कीमत चुकानी ही होगी उसे अपनी इस बेहयायी की!

मन में बिल्डर के प्रति भरे इस क्रोध ने उसके दिमाग को घटनाओं की उठा-पटक, पात्रों की जोड़-तोड़, बेहूदे प्रेम-प्रसंग। दिमाग़ में हिन्दी फ़िल्में, टी.वी. के बकवास से सीरियल्स, पढ़ी हुई कुछ ऐसी ही सड़क-छाप अंग्रेजी पुस्तकें तैरती रहीं। इन्हीं सबसे तो मिलेगी उसे अपने लिए सामग्री... !

और चौथे दिन जैसे ही पत्नी ऑफ़िस गई, उसने क़लम उठा ली। पर लिखने बैठा तो एक क्षण को उसके अपने ही भीतर से एक धिक्कार-भाव फूटा : अरे, क्या कर रहा है वह यह? कुछ देर वह हथेलियों में सिर थामे बैठा रहा, पर फिर एक संकल्प के साथ सारे अगर-मगर और धिक्कार-भाव को उसने परे सरकाया और लिखने में जुट गया।

दो-चार दिन तक तो वह केवल पन्ने लिख-लिखकर फाड़ता रहा...बात कुछ सध ही नहीं रही थी, पर अन्ततः गाड़ी चल ही पड़ी।

उसके इस लेखन की एकमात्र राज़दार उसकी पत्नी! उससे छिपाना तो मुश्किल था पर इसके अलावा उसने किसी को हवा तक न लगने दी कि पैसे की ज़रूरत ने आख़िर उसे कहाँ ला खड़ा किया।

वह खुद हैरत में। साल में उसने छह किताबें लिख डालीं। बड़ा आसान है यह लेखन तो! थोड़ी-सी मेहनत और साठ हज़ार रुपए पॉकेट में। बिना किसी तनाव और परेशानी के उसने पाँच पेशियाँ भुगत लीं इन पैसों से।

पाँचवीं पेशी में जज ने जब फ़िल्म-निर्देशक को बोलने के लिए कहा तो शेखर हैरान। धीरे से अपने वकील से बोला, ''अरे, अब क्या निर्देशक जिरह करेगा? जज साहब इसे क्या फ़िल्मी-कोर्ट बनाने जा रहे हैं?''

"चुप करो। मैंने कहा न कि यह अपनी तरह का एक अलग ही केस है। जज साहब भी इसे कुछ अलग ढंग से ही डील करेंगे। हो सकता है, अगली पेशी में तुमसे बोलने को कहें।"

और सचमुच छठी पेशी में जज ने शेखर से कहा, "आप कुछ कहना चाहेंगे अपने पक्ष में?"

और शेखर खड़ा हो गया।

आधे घंटे तक ऐसा धुआँधार भाषण झाड़ा कि सब स्तब्ध! समाज में एक पूरी तरह कमिटेड लेखक की भूमिका, उसका योगदान, उसका त्याग—इन सबका ब्यौरा प्रस्तुत करते हुए शेखर ने कहा :

"सर, ऐसा लेखक पैसे के लिए कभी नहीं लिखता। लिखता है तो समाज की रूढ़ियों और ढकोसलों पर चोट करने के लिए—बिना किसी ख़ौफ़ के सत्ता की ग़लत नीतियों और उसके समाज-विरोधी कारनामों पर प्रहार करने के लिए। बेबस और मूक जनता की तकलीफ़ों को उजागर करने के लिए। आज कैसे पैसे ने मनुष्य की संवेदना को सोख लिया है, सारे मूल्यों को ध्वस्त कर दिया, आपसी सम्बन्धों की धुरी ही गड़बड़ा दी। आज इसी व्यावसायिकता के भयंकर परिणामों को उजागर करके लोगों को सावधान करता है लेखक।"

और भी जाने क्या-क्या गिना दिया शेखर ने और अन्त में उपसंहार करते हुए बोला :

"सर, न मैं आज तक कभी सत्ता के सामने झुका, न पद, प्रतिष्ठा और पैसे के लिए कभी समझौता किया। एक ऐसे लेखक की रचना के साथ लिखित अनुबन्ध के बावजूद व्यावसायिकता के नाम पर कोई ऐसा खिलवाड़ करे, उसकी ऐसी छिछालेदर करे, यह तो मैं कभी बर्दाश्त नहीं कर सकता। सामाजिक दृष्टि से ही नहीं, कानून की दृष्टि से भी मेरा पक्ष बहुत-बहुत मजबूत है। आपने फ़िल्म देखी, उपन्यास भी पढ़ा, अब आप खुद ही देखिए कि अनुबन्ध की शर्तों की कैसी धज्जियाँ उड़ाई गई हैं। सिर्फ़ पैसे के बल पर ही आ सकता है बेहूदगी करने का यह हौसला, यह हिम्मत! यही सोचा होगा न कि जो चाहे कर ले वो—क्या बिगाड़ सकता है उसका ये बेचारा गरीब लेखक? उसकी औकात ही क्या है?"

पता नहीं, क्रोध से या आवेश से शेखर की साँस फूल गई और वह एकाएक ही चुप हो गया।

बस, उसके बाद उस दिन और कुछ नहीं हुआ और अदालत की कार्यवाही समाप्त करके जज उठकर चले गए तो मित्रों ने शेखर को घेर लिया।

वकील ने उसकी पीठ थपथपाकर हँसते हुए कहा, "मिस्टर शेखर, जज ने नहीं बल्कि फ़िल्मी कोर्ट तो आज इसे आपके भाषण ने बना दिया, पर वाह! बहुत-बहुत अच्छा बोले आज आप...कमाल कर दिया। जज के चेहरे का इम्प्रेशन देखा? जानते हैं, मेरे कान आपकी बात पर लगे थे पर मेरी आँखें जज के चेहरे पर टिकी हुई उसके एक-एक भाव को पढ़ रही थीं।

आई कैन रीड—ही वॉज़ हाइली इम्प्रेस्ड!'' और शेखर को अपनी ओर खींचते हुए वकील ने जैसे अपना फैसला सुना दिया, ''मिस्टर शेखर, समझिए, आप मुक़दमा जीत गए...आई एम हंड्रेड परसेंट श्योर।''

शेखर बोलने को तो धुआँधार बोल गया पर उसके बाद न तो मित्रों की प्रशंसा उसे पुलकित कर रही थी, न वकील का जीत का आश्वासन। आह्लादित उसके मन को मथ रहा था, बुरी तरह कचोट रहा था तो सिर्फ़ एक प्रश्न :

'अगर वह जीत भी गया तो क्या सचमुच ही यह उसकी जीत होगी?'